JN295916

坪田譲治名作選

坪田理基男・松谷みよ子・砂田　弘　編

サバクの虹

ささめや ゆき・絵

小峰書店

坪田譲治名作選

サバクの虹

――目次

金《きん》の梅《うめ》・銀《ぎん》の梅《うめ》……6
ガマのゆめ……16
おじいさんおばあさん……22
サバクの虹《にじ》……28
山の友だち……38
ニジとカニ……44
こどもじぞう……48
ゆめ……58
生まれたときもう歯《は》がはえていたという話……70
エヘンの橋《はし》……76

馬太郎《うまたろう》とゴンベエ……82
かっぱのふん……94
よそのお母さん……102
昔《むかし》の子供《こども》……106
門のはなし……112
その時……126
歌のじょうずなカメ……138
だんご浄土《じょうど》……150
天狗《てんぐ》のかくれみの……160
解説　子どもとともに夢をたのしむ……砂田《すなだ》　弘《ひろし》　172

サバクの虹

金《きん》の梅《うめ》・銀《ぎん》の梅《うめ》

梅《うめ》ヤシキには、梅の木が何百本かうわっているのです。三月になると、その梅の木にいっぱい花がさいて、ウグイスがそこで、ホウホケキョウとなきます。だから、そのヤシキのおくの方へ行くと、なんだか、夢《ゆめ》でもみてるような気分になります。ことしの三月も親類《しんるい》のケンちゃんが泊《とま》りがけできたので、ボクはあんないして、そこへ遊《あそ》びに行きました。ホントは入るとしかられるんだけど、ボクたちは、そうっと、そこの杉《すぎ》のイケガキの間からもぐって、梅の林のおくの、おくの方へ行きました。そして木の下の石にこしをかけて、ふたりで、キャラメルを食べました。

そうしていると、ウグイスの声がしました。ホウホ、ケキョ、ケキョ。気をつけていたら、花のむこうの方に、枝《えだ》から枝へとんで行く一羽《わ》のウグイスが見えました。その時、ケンちゃんがいったのです。

「この梅《うめ》の木、実《み》がなる？」

「なるとも！」

ボクがいいました。

「どんな実？」

ケンちゃんがきくから、ボクはオヤユビとヒトサシユビで、カッコウをして見せました。

「なんだい。小さいじゃないか。」

ケンちゃんがいうのです。そこでボク、

「梅の実、小さい方がいいんだよ。だって、梅はみんなウメボシにするだろう。これくらいが、ちょうどころあいなんだとさ。」

といったのです。すると、

「フーン。」

ケンちゃんはそんな返事《へんじ》をするのです。それでボクはしばらくだまっていました。ケンちゃんも、なにもいいません。ところが、ボクしだいにハラが立ってきました。ホントウのことを教えてやっているのに、わざとフーンなんていうんですもの。それでボク、少しメチャクチャになって、いってやったんです。

「ケンちゃん、金《きん》の梅《うめ》、銀《ぎん》の梅って知ってるかい。」

「知らない。」

そこで、ボク、

「フーン。」

て、いってやったんです。と、ケンちゃんがいうんです。

「金の梅、銀の梅って、なんだい。」

「金の梅は金の梅、銀の梅は銀の梅。」

「じゃ、それ食べられるの。」

「どうかなあ。ボク知らないや。」

「見たことあるの。」

「あるよ。」

「どこで見たの。」

こうなっては、シカタがないもんで、

「ここで見たよ。ここの木になっていたよ。」

そういってしまったんです。

「いつ？」

「きょねん。」

「ことしもなる？」

「なるだろう。」

「いくつ？　いくつくらいなる？」

「一つか、二つ。でも、ならない年もある。」

これはウソです。みんなウソなんだけど、つい、そういってしまったのです。

それから三月《みつき》、ちょうど梅《うめ》のうれるころ、ケンちゃんから手紙がきました。

「ケンスケが病気になりました。熱《ねつ》の高い時、金《きん》の梅、銀《ぎん》の梅がほしいと、ウワゴトに申《もう》します。そういうものが、絵にでも、お話の本にでも、あるのでしょうか。もしありましたら、おかし下さい。」

お母さんに、この手紙を読み聞かされ、ボクほんとうにこまりました。でも梅《うめ》ヤシキの人にたのんで、そこの梅を一ショウ[*1]ほど売ってもらい、それをもって、ケンちゃんを見まいに行きました。途中《とちゅう》にお宮《みや》がありましたから、ボクそこをおがんで、ボクのウソをおゆるし下さい、ケンちゃんの病気を、おなおし下さいと、神《かみ》さまにたのみました。

「ごめんなさい。シマダのキンタロウです。ケンちゃんのおみまいにきました。」

教わったとおりに、ボクが玄関《げんかん》でいうと、おばさんが走るように出てきました。

「まあ、よくきて下さった。」

大喜《おおよろこ》びして、ボクを奥《おく》の間につれて行きました。そこにケンちゃんはねていました。

「ケンちゃん、キンちゃんがおみまいにきてくださったよ。」

おばさんがいうので、ボクはまず梅のカゴをケンちゃんの枕《まくら》もとにおき、

「梅屋敷《うめやしき》の梅ですが――」

そういいました。それからウソのおわびをしようとすると、おばさんがいわれました。

「あの梅屋敷の梅ですか。ケンちゃんがそれを待《ま》っていたのですよ。」

それから、ケンちゃんの耳近くへ口をよせて、
「ケンちゃん、あの金《きん》の梅《うめ》、銀《ぎん》の梅ですよ。キンちゃんが持《も》ってきてくださったよ。見せたげましょうか。」

そういわれるのです。ボクはおどろいてしまいました。しかしそこへすわった時からケンちゃんのようすが、どうもヘンに思えてしかたがなかったのです。目をつぶってあおむけにねていて、ボクなんかに、気がつかないようなんです。ケンちゃんでなくて、ベツの人かと思えるくらいです。

あとで聞いたら、その時ケンちゃんは病気のため、目もよく見えないようになっていたということです。それで、おばさんは、梅をカゴから出して、一つをケンちゃんの右手に、一つをその左手ににぎらせました。そして、
「ケンちゃん、こちらが金の梅よ、こっちは銀の梅。わかりましたか。」

こういいました。ケンちゃんは目をつぶったまま、右手と左手とをかわるがわる上にあげてこういいながら、耳の近くでふって見せました。
「こっちが金の梅。それから、こっちが銀の梅。」

これは人にいうより、自分で自分にたしかめているようでした。おばさんはそれにつれて、

「そうよ。そちらが金《きん》の梅《うめ》。そうだよ。それが銀《ぎん》の梅。」

そういいました。

「キレイなの？」

ケンちゃんがきくのでした。

「そうとも、とてもキレイよ。」

「フーン、光ってる？」

「光ってるよ。ピカピカ、ピカピカ。」

「フーン。」

ケンちゃんはそういいいい、こんどは両手《りょうて》をあわせ、その中で二つの梅をもむようにしていました。その間にも、

「金の梅、銀の梅。」

と、ひとりごとをいって、それがさもうれしそうに、さもたのしそうに、見えました。だからおばさんまで、

「ケンちゃん、よかったねえ。」

なんていいました。

「なってるところを見たいなあ。」

ケンちゃんはいうのでした。

だけどもボクは、そう信《しん》じこんでるケンちゃんの有様《ありさま》が、気のどくでなりませんでした。まるで赤ちゃんのようにだまされているのです。いいえ、ボクだっておばさんといっしょに、ケンちゃんをだましているのです。それで、

「ボク、かえります。ケンちゃん、早くよくなって遊《あそ》びにおいでよ。」

そう早口にいって、そこを立ってきてしまいました。おばさんがとめても、ドンドン帰ってきてしまったのです。あとできくとケンちゃんは、その梅《うめ》が、おお気に入りで、手からはなさず「金《きん》の梅、銀《ぎん》の梅」といいつづけていたそうですが、それから一月《ひとつき》ばかりでなくなりました。

ケンちゃんのお墓《はか》の前には、その梅の種《たね》からはえた梅の木が二本植《う》えてあって、それをあとあとまで、家の人たちはキンの梅、ギンの梅っていいました。ケンちゃんがそう信《しん》じてい

たからでしょうが、ボクは、あとあとまでケンちゃんをだましているようで、気もちがよくありませんでした。

できるものなら、そのお墓《はか》の前の梅《うめ》の木に、ホントウに金銀《きんぎん》の実《み》をならせたかったのです。もっとも、その二本の梅の木には毎年毎年、それはよく花が咲《さ》き、それはよい実がなったそうです。でも金の梅、銀の梅は、ならなかったようです。

＊1　一ショウ……容積の単位。一ショウは約一・八リットル。

ガマのゆめ

「ガマは冬のあいだ、土の中でねむっているんだろう。」

トラオくんが、いいました。

「そうだよ。」

ぼくが、いいました。

「だったら、ガマだってゆめを見るだろうね。」

トラオくんがいうもので、

「ねむってるんだから、やっぱりゆめを見るだろうね。」

ぼくは、いわなければなりませんでした。

「じゃ、冬じゅうで何十日ってあるんだから、ゆめだって、たくさん見るだろうね。」

トラオくんは考えていましたが、それから二、三日すると、

「ぼく、ガマのゆめを、ゆめに見たよ。」

そういってやってきました。これはガマのゆめを見たというのではないのです。ガマがゆめを見てる、それを、トラオくんがゆめみたのです。では、そのゆめを書いてみましょう。

大きなサクラの木がありました。サクラの木といっても、冬ですから、花も葉っぱもありません。枝《えだ》と、そしてみきばかりです。その下の、土の中にガマは眠《ねむ》っていました。もう何日も、そこで眠りつづけているのです。上のサクラの木には、雪がちらちらふりかかっております。まるで、しばいのぶたいを見ているようです。すると、まもなく、それはふぶきになり、さらさら、音がしているかと思うほどだそうです。まっ白な白《しら》かべのように、そこに雪がふり、そしてつもりました。サクラの木のみきにも枝にも雪はふりかかり、そしてつもったのです。

雪がやむと、夜になって、空に星がぴかぴか光り出しました。ところが、すぐまた朝になりました。空にお日さまがてって、サクラのみきにも枝にも、白いその光がさしていました。

もう雪なんか、どこにもありません。木のかげが土の上に、黒ぐろと横《よこ》になっているばかりです。

ガマのゆめは、その時からはじまったのです。

眠《ねむ》っているガマの口から、いや、口の横の方からです。ぶく、ぶく、ふわふわ、煙《けむり》が出はじめました。うすむらさき色の煙です。それは土の中を、まるで空気の中のように自由《じゆう》にとおって、地面《じめん》の上に出ました。そしてサクラの木のまわりを、すっかりつつんで空へのぼって行きました。それがそうして空へのぼってしまうと、ふしぎなことがおこりました。その時、トラオくんは、ゆめの中で思ったそうです。

「ははあ、これが有名《ゆうめい》なゆめの煙か。ガマのふしぎな術《じゅつ》の一つだな。」

だって、その煙がきえてしまうと、おどろいたことに、今までかれ木だったサクラの木が、花をいっぱい咲《さ》かせていました。枝《えだ》という枝、大枝《おおえだ》も小枝《こえだ》も、目のさめるような花にうずもれているのです。

「きれいなゆめだなあ、ガマのゆめ。」

と、トラオくんは、ゆめの中で感心《かんしん》しました。

ところが、また気がついて、おどろいたのは、そのサクラの木の下に、根《ね》もとのところに、ガマがいるではありませんか。それも眠《ねむ》っているガマとは、くらべものにならない大ガマです。まず十倍《ばい》、いや二十倍。人げんくらいもある大ガマが、サクラの木の根もとに両手《りょうて》をついて、目をぱちっとあけているのです。大口をふさいではいるものの、何か、うれしそうな、おかしそうな、おかしいことのあるようなようすが、顔のどこかにちらついております。

「春になったので、ガマはうれしいんだな。」

トラオくんは思いました。その時、どこからか、ふえの音が聞えてきました。単調《たんちょう》な横《よこ》ぶえの音です。これに聞き入っていると、ガマが何と、その大きな口をぱくっとあけたではありませんか。あけたとたんに、中からばたばたっとはねをうって、とびだしてきたのは、一羽《わ》の黄色の鳥です。尾《お》ばねをひらひら、うしろに長く引いて、サクラの木のまわりを三度《ど》も四度もまわってとびました。それから、その一ばん上の枝《えだ》にとまりました。この鳥は、はねも黄色ですが、枝をつかんだ足のつめまで黄色で、それが目だちました。

ふえはまだなりつづけ、ガマはにこにこの顔色で、大口はぱくりあけたままです。するとまた、ばたばたっ、とび出してきたのは赤い鳥。赤い尾っぽをひらひらさせて、また木のまわりを三、四度《ど》まい、二ばん目の枝《えだ》につかまりました。これが足のつめまで、あざやかな赤さです。

ふえの音につれて、というわけでもないのですが、またガマの口から鳥がばたばたとび出してきました。こんどは青い鳥です。また木をまわってとび、三ばん目の枝にとまりました。こうして鳥は、白や黒やむらさきや、十羽《ぱ》もとんで出てきました。そしてそれぞれ、ほうぼうの枝に、とまりました。ところで、ガマは、十羽の鳥が出ると、ぱくり、大口をふさぎました。そして、その大目玉を、ぎょろぎょろまわして、右や左をながめました。トラオくんは、じぶんがにらまれたかと思って、びっくりしたそうです。どうもこのガマは、いたずらガマにちがいありません。

それからガマは、ふさいだ大口をむずむずさせて、おかしさを、こらえているようすをしました。トラオくんは、今にガマは、わっはっ、わっはっ、と笑《わら》いだすかと思ったそうです。

しかしガマは笑わず、やはり、ぱくっと大口をあけました。そしてその口から、こんどは黄色や、赤や、金や銀《ぎん》や、白や黒や、大小さまざまのチョウのむれが、それこそ、煙《けむり》のように、どっと流《なが》れ出してきたそうです。しかもその煙は、あとからあとからながいあいだ、つづきました。でてきたチョウは、それでサクラの木のまわりに花ふぶきのようにみだれとび、一時はまんかいのサクラも、それにとまっている美しい鳥も、チョウのちらちらで、かくれてしまったということです。

ところが、つぎにガマが大口をとじて開くと、何と今度《こんど》は、大小さまざまといってもダイズくらいの大きさから、トランプのふだくらいの大きさまで、数かぎりないガマがぴょんぴょん、とんででて、サクラのまわりに一ぱいならんで、ころころ、ころころ鳴きだしたそうです。そして、そのころになると、チョウは空の遠いところで、美しい雲となってたなびき、見たところ、絵としか思えないけしきとなりました。

ところが、トラオくんが気がつくと、土の中のガマの口から、白い煙《けむり》がではじめていました。

(これでゆめが消《き》えるんだな。)

と、トラオくんは思ったそうですが、そのとおり、その煙が上にのぼると、美しいけしきはしだいにきえ、そこら一めん暗《くら》いやみになってしまいました。そして、トラオくんのゆめがさめました。めでたし。めでたし。

おじいさんおばあさん

いなかへかえる人についていて、八《はち》ろうはおじいさんおばあさんのところにいきました。すると、だいどころのどまのすみに大きなきねとうすがありました。

「おじいさん、これなににするものですか。」

八ろうがききました。

「はは、これをしらないのか。」

おじいさんはわらって、これがおもちをつくどうぐだと、おしえてくれました。おばあさんは、

「おまえのおとうさんには、これでよくおもちをついて、たべさせてあげたんだよ。」

そういって、

「おまえにも、おもちをついてたべさせてあげるよ。」

といいました。

二三にちたつと、そのもちつきがはじまりました。ゆげのたっているふかしたこめをおばあさんがうすの中にうつしました。おじいさんがそれをきねでこねました。しばらくこねると、いよいよそのきねをふりあげて、ぺったん、ぺったんと、ちからをこめてそれをつきました。つきおわると、それをおばあさんが、こなのしいてあるいたの上において、小さくちぎって、たくさんのまるいもちをつくりました。小さいといっても、それを三つもたべれば、おなかがいっぱいになるようなおもちでした。それなのに、おばあさんは、それにきなこをまぶして、五つもおさらにのせて、

「さあ、八《はち》ろうちゃん、おあがりよ。たくさんおかわりしてたべてちょうだい。」

といいました。八ろうはびっくりして、

「おばあさんぼくそんなにたべられない。」

といいましたが、おばあさんは、

「まあ、おまえのおとうさんは、十のときにこのおもちを十たべたことがあるんだよ。五つくらいがなんですか。」

そういって、まだおもちの二十も三十もはいっている大ざらをそばへもってきました。八《はち》ろうはしんぼうして、五つだけたべました。そして、

「もうたべられないや。」

というと、おじいさんが、

「ちかごろのこどもはよわむしだよ。」

といって、わらいました。それからむかしばなしを一つしてきかせました。

「むかし、むかし、山の上におじいさんとおばあさんがすんでいた。あるひ、そのおじいさんとおばあさんがおもちをついていた。これをみた山のがまとさるとが——あれをとってたべようじゃないか——とそうだんした。そして、そうっとうまやへしのんでいき、つなをといて、うまをそとへはなしてやった。うまはよろこんで、ひんひんないてかけてった。これをしって、おじいさんとおばあさんはびっくりした。それというので、そとへとびだして、うまをおいかけた。そのすきにがまとさるはいえにはいって、おもちをうすごとぬすんでし

まった。そしてそれをおみやの上にはこんできた。するとがまがいうことに――「さるさんはんぶんずつたべようや」しかしさるがいうのには――「いやいや、このいしだんからうすをころがしおとして、おもちのとりっくらをしようじゃないか。とったものがみんなたべるんだよ。」――そこで、がまとさるはうすをころころがしおとした。さるははやいから、とんとんとびおりて、下でうすをまっていた。がまは上からのそりのそりとおりてきた。ところが、もちはとちゅうでうすからこぼれおちて、いしだんのなかほどにひっかかっていた。がまはよろこんで――「これはうまい、これはおいしい」と、たべていた。さるはがっかりして、したからのぼってきて、――「すこしでいいからたべさせてくれ」と、たのんだ。そこでがまが一きれちぎってなげてやると、それが、ひだりのほおにひっついた。もう一きれなげてやると、こんどはみぎのほおにくっついた。三どめはおしりにぺたりととびついた。さるはかまわず、おおいそぎで、それをとってたべたが、もちがあつかったので、あとがあかくのこった。さるのほおとおしりのあかいのは、そのせいだということだ。はっはっは。」

このおはなしをきいて、八《はち》ろうも、

「はっはっは。」

とわらいました。

サバクの虹《にじ》

広い野原がありました。木も草も、一本もはえておりません。その向《む》こうに山がありました。山はいくつも重《かさ》なり合って、遠い空の果《はて》までつづいていました。野原だって、遠くまでつづいていて、どこがおしまいなのかわかりません。

こんな草も木もない山と原とでは、動物《どうぶつ》だって住《す》むことができません。だからねずみ一ぴき、虫一つさえおりませんでした。ただ、ときどき、風が空からおりてきて、その野原の上をつちけむりをおこして、あちらに走り、こちらに走りして遊《あそ》んでいました。夜になると、山のかどばった岩かげに、月がじっとその光をときすまして、下界《げかい》を見つめておりました。

「なんてさびしいところだろう。おそろしいようにさびしいところだ。」

月はかんがえていたかもしれません。

ある年の、夏のある日のことでした。このさびしい――そこはサバクだったのですが――山と野原の世界《せかい》をかこんで、ぎんいろにかがやく雲のみねがたちました。雲のみねはむくむくもり上っていて、高いとうのように見えたり、大きなおおにゅうどうのような形をしていたり、ほとけさまがはすの花の上にすわっている姿《すがた》になったりしていました。地上もものすごいさびしさなのに、空がこんなに美しかったので、もしこのサバクに人間の一人《ひとり》でも住《す》んでいたら、

「これは天国のお祭《まつり》が始《はじ》まったのかもしれないぞ。」

と、そんなことをおもったにちがいありません。

その空のお祭が三日もつづくと、四日目から、今まで雨というものが、何年となくふったことのないこのサバクに、ザアザアザアザアザア雨がふりだしました。雨は一分のこやみもなく、実《じっ》に七日七晩《なのかななばん》ふりとおしました。しかし、何年と雨を知らない土地のことですから、そんなになっても、こう水になるでもなく、そのたくさんの水を、土がみんな地のそこへすいとってしまいました。

七日《なのか》たって雨がやむと、フシギなことがおこりました。サバクの草も木もない山の中の一つの谷間に、大きな虹《にじ》が立ったのです。こちらの山の中腹《ちゅうふく》から、むこうの山のいただきへかけて、空に五色の橋《はし》をかけました。人もケモノも、鳥も虫も、それからさかな一ぴきいない山の中ですから、虹はほんとにフシギなほど美しかったのです。しかも、その虹が夜も昼もきえないで、何と、三日も立っていたということです。

四日目の朝のことです。虹はゆうべのうちにきえたのですが、朝日が、――おそろしいほどさびしい谷間のけしきをまた見ることと思って、そーっと山かげから、その谷間にさし入りますと、あれ、これはどうしたことでしょう。虹のねもとになっていた山の中腹に、一本の大きな木がはえていました。それこそ、高さ何十メートル、太さ十何メートルという大木《たいぼく》です。その上、その木は八方にはっている大枝《おおえだ》という大枝、茂《しげ》っている小枝《こえだ》という小枝に、むすうの花を、つけていました。さくらの花のようにうっすらとあかく、しかも、花びらは、はすの花のように大きな花です。それが一本の木で、そこにこんもりした花の森ができたように咲《さ》きほこっていました。朝日は山かげから、その花の木に光をなげ、ハッとしておどろいたのであります。それでひるになるにしたがって、だんだん強い光で、その谷間をてらしましたが、強い光でてらせばてらすほど、その花の木は一そう美しく光りかがやき、なんともいえない、いいにおいさえはっさんさせました。それは木から空へ、むらさきのけむりのようになって、立ちのぼるように見えました。

ところで、その午後のことです。夕日が西の山にかかり、あかい夕ばえ色に谷々山々をそめたころ、風が一吹《ひとふ》き、空からその花の木の谷間へ吹きおりて来ました。つちけむりをあげるようなそんな強い風ではなかったのですが、しかし花の木の花はパラパラパラパラ、その風に吹かれてちりました。はじめは、三つ四つとちったのですが、やがてふぶきのように真《まっ》白《しろ》になり、ひとかたまりになり、一つの白い流《なが》れになってちって行きました。そして空をヒラヒラもうて、谷のあちらこちらへと落《お》ちて行きました。中には、山のてっぺんにかかったり、またその山をこして、むこうの谷の方へちって行くものもありました。そして夕日の光が山のてっぺんからきえて行くころには、花の木は花一つない枝《えだ》ばかりのはだかの木になって立っていました。

そのあくる日のことです。朝日がまた心配《しんぱい》そうに、山かげからそっと、花の木のあった谷間をのぞきました。

「昨日《きのう》は風がむざんにあの花の木の花をちらしたが、今日《きょう》、あの木はどんなすがたで、どんなきもちで立ってるだろう。」

朝日はそんなことを思ったことでありましょう。でも、朝日は谷間に光をさしてみて、ついにっこりしたほど安心《あんしん》しました。だって、花の木は花がちって、花をつけた枝《えだ》は一枝《ひとえだ》もありませんでしたけれど、そのかわり、大枝《おおえだ》という大枝、小枝《こえだ》という小枝に、青いはっぱが枝もみきもかくしてしまうほどしげっていました。しかも、そのはそよ風に吹《ふ》かれて、さも涼《すず》しそうにさわさわと音を立て、そよいでいました。

「なるほど、こうなればほんものだ。心配《しんぱい》することはない。」

朝日はそう口にだしていったかもしれません。それからあと、その木は枯《か》れもせず、風に吹かれても、はを落《お》しもせず、何年も何十年も、そのままの姿《すがた》で立っていました。

で、それからのち、何十年のことだったでしょう。その木の下の大きな岩のねもとから、きれいな泉《いずみ》がわき出しました。その泉は夏が来ても、秋が来ても、少しもかれないで、いっときのやすみもなく、こんこんとわきつづけました。それでやがてそれは小さな川になり、山をくだって谷を流《なが》れ、谷をくだってまた谷に入り、いくまがりしたのち、それは野原に出

て行きました。そしてひろいその原を流《なが》れ流れて、遠い空のむこうまでつづきました。おしまいはきっと海に流れこんだことでありましょう。

そうして、また何年かたちました。すると、こんどはその谷の小川の岸《きし》に、ぽつりぽつりと木がはえだしました。やがて、それは大きな木になり、花を咲《さ》かせて、青ばを茂《しげ》らせました。まるで杉《すぎ》の木のように高い木だったのです。そんな木が谷間のほうぼうにつき立って、風に吹《ふ》かれるようになったのです。

と、ある日のこと、どこからか、鳥が一羽《わ》とんで来ました。白い鳥です。頭にはカンムリのような羽《はね》がはえているし、おばねはまた長い三本のリボンのようにひらひらしていました。それがとんで来て、谷川のきしの一本の木のてっぺんにとまり、そこでクワアー、クワ、クワ、クワと鳴きました。すると、空のむこうからおなじような鳥が、おばねをひらひらさせて、なんばもなんばもとんで来ました。しかも、白いのばかりではありません。金色の羽をしたのや、まっかな羽をしたのや、中にはむらさきの羽のものなどもありました。きっとそれは鳳凰《ほうおう》という鳥だったかもしれません。それらの鳳凰が谷間の木のあちらにもこちらにもとまりますと、それはまるで、そこに大きな美しい花が咲いているように見えました。しかもその鳳凰《ほうおう》は、花のような白や赤のつばさをひろげて、木から木へ、あるいはその谷間の空を高く雲の上のほうへまいあがったりとびうつったりいたしました。木から木へうつって行く時は、金やむらさきの太い糸をひいているように見え、空の上高くまい上った時には、風に吹《ふ》かれて行く花の一ひらのように見えたりしました。

ところで、その鳥が来て谷間の木々にすむようになってから、泉《いずみ》の水がだんだんふえ出して来ました。よく雨がふるようになったせいでしょうか。それとも、鳥が鳴きかわすこえに、泉の水がよび出されてくるのでありましょうか。とにかく水が、大へんないきおいでふき出しはじめました。それで谷間の川もだんだん大きくなり、しまいにはとちゅうにだんができて、そこが大きな滝《たき》になり、どうどうとシブキをあげて流《なが》れおちるようになりました。それからその下流の川が、はばもふかさも何十ばいとなったことはいうまでもありません。野原の中などでは、そこに大きな湖水《こすい》が一つ出来たりしました。

それから、また、何年かたちました。と、またふしぎなことがおこりました。その泉のそばにいつのまにか、大きながまが住《す》むようになったのです。せいの高さ三メートル、まるで大きな岩のようながまなのです。それが、知らないものがみたら、岩とまちがえるような形をして、じっと、泉《いずみ》のそばにしゃがみました。

どうしてでしょう。

それはきっと水のかみさまで、泉の水をにごしたり、よごしたりするものを番するために、そこへやって来たのでしょう。ほんとにそれもありましたが、その頃《ころ》になって、この谷間にはとてもたくさん動物《どうぶつ》がふえ、泉へ水をのみに来るものがひきもきらないありさまでした。

それでがまは、そこにいて、そこにたくさんよって来る動物を、次《つぎ》から次へパクリパクリとたべていました。その中でも、海にいるサケやマスというさかなは、その泉の水の美しくすんでつめたくあまいのをしたって、滝《たき》のしぶきもおどりこえて、そこに卵《たまご》をうみに年々のぼって来たのです。すると、がまはそれをまちかまえていて、パクパクパクパクたべました。そしてがまは年々大きくなり、ついには十メートルもある大きな、大きな岩のようながまになってしまいました。

それからまた、何年かたちました。そして、雨のふらない年がつづきました。すると、泉の水がだんだんかれて来て、やがて、谷川の流《なが》れもほそくなり、草や木も枯《か》れて来ました。谷間の動物《どうぶつ》もどこへ行くのか、いつとなくいなくなってしまいました。泉のそばのがまもやせおとろえ、骨《ほね》と皮《かわ》ばかりになりました。風が吹《ふ》いてきて、谷間の土をまき上げ、これをけむりのようにして、あちらこちらとはこんで行って遊《あそ》ぶようになりました。いつのまにか、その谷間が、昔《むかし》のサバクの姿《すがた》にかえってきたのです。

そしてある年のこと、何十年か昔のようにこのサバクのまわりにまたぎんいろの雲のみねが立ちました。とうのような、おおにゅうどうのような、はすの花の上のほとけさまのような、雲のみねがサバクをかこんで、空の上にならびました。そしてその後また雨がふりました。雨がやむと虹《にじ》が立ちました。虹はやっぱり夜となく昼となく三日も、このさびしいサバクの谷の上にかかっていました。その時、その谷にはもう草も木も、泉《いずみ》も川も、それから動《どう》物《ぶつ》もがまも、何一つなくて、いちめんはいいろの土ばかりでした。人ひとり通らず、このサバクの虹を知っている人もありませんでした。

やがて虹はきえて行きました。そしてそれから後、何十年、いや何百年か、ついに虹はその谷間の上に二度《ど》とたたなかったということです。

山の友だち

山の友だちといっても、ボクの友だちではない。トラオ君の友だちなんだ。トラオ君がちょっと変《か》わってるのに、

「その山の友だち、ヘンなんだよ。ヘンなことを、いうんだよ。」

そういうのだから、これは相当《そうとう》かわっているのにちがいない。ボクはそう思っていた。そこへトラオ君がこういう話をしてくれた。

——山の友だちの話だよ。山さん、山さんて、オレいつもいってるんだが、そいつが山へ行ってたってさ。山ん中の森ん中の、ま、一本の木の下だろうね。十月頃《ごろ》だとさ。そこに一ぴきのカマキリが枝《えだ》にとまって、しきりにちょうと話をしていたとさ。山ん中だから、ちょ

うとカマキリだって、おたがいに仲《なか》よく話をするんだね。ちょうは、アゲハくらいの大きさで、羽根《はね》は赤、黄、白のマンダラで、とてもきれいだったとさ。カマキリは別《べつ》にかわったカマキリではないが、大カマキリで、なんでも背中《せなか》の方でカチカチって、音をさせていたらしい。それが、どうも、アゲハをおどしているように見えたとさ。いや、あの大カマを大げさに上げたり下げたりして、話をする様子《ようす》もね、やはりおどしの手のように見えたとさ。ところで、その話なんだがね。カマキリのやつ、こんなことをいってるんだって。

「ちょうちょうさん、どうするつもりですか。」

するとちょうが、

「どうするって、何ですか。」

と、問《と》い返《かえ》す。

「こんなに寒《さむ》くなってこまるでしょう。花はなくなる。ミツもなくなる。雨がふる。風が吹《ふ》く。やがて雪です。どうしますか。」

これはカマキリ。

「仕方《しかた》ありません。降《ふ》るなっていっても、雨や雪はふります。吹くなといっても、風は吹きます。」

これはちょうだよ。

「ところが、その雨や雪をふらせないで、風も吹《ふ》かせないで、その上、花を山々谷々一面《いちめん》に咲《さ》かせるという方法《ほうほう》があるのです。」

カマキリがいう。

「ホントですか。」

ちょうでなくたっていわあね。と、カマキリのやつ、ここぞとばかりカマをふり立てていったそうだ。

「知らないんですか、ちょうちょうさん。その雨や雪がなくて、今でも、花が咲《さ》きみちているところを。一つ山を越《こ》えればいいんですよ。すなわち、雨雪をふらせないということは、山を越してそういう土地へ行くということです。山や谷に花を咲かせるというのも、花の咲いているところへ行くことです。しかも、それがワケないんです。むこうに川が流《なが》れていましょうがな。あれ、あの音のしている谷川です。あれに木ぎれを浮《う》かべて、それに乗《の》ってれば、約《やく》一時間、いねむりする間もありません。もう山々谷々、ムンムン、むせ返《かえ》るような花の匂《におい》です。」

「ホントウ？　夢《ゆめ》のような話ね。」

こういって、ちょうちょうさん、少し夢みるような顔したんだって。そこを、すかさず、またカマキリ、

「夢かどうかは、行って見なければわかりません。とにかく山一つのことです。木ぎれにのって、あっというまのしんぼうです。ボクがあんないしますから、これからどうです。行って見ようじゃありませんか。気にいらなければ、あなたはハネのあることだし、ヒラヒラ、ヒラで帰って来りゃいいでしょう。」

しかしね、山さんは思ったんだって。

「これはくさい。カマキリのやつ、何かたくらんでいる。」

それで森の中へふれてやったんだそうだ。

「おおい、間もなくカマキリが、ちょうちょうをつれて、川をくだってくるそうだよう。あいつのことだから、何かたくらんでるにちがいないぞう。」

すると、みんなは川っぷちへ集《あつ》まってきた。みんなといっても、トンボだの、ちょうちょ

うだの、カミキリ虫だの、コガネムシだの。それからカマキリもきたさ。そこで山さん、さしずして、一つの木ぎれにちょうとカマキリと、それにカブト虫二ヒキを乗《の》せて、

「キミたちは、ちょうちょうさんを守《まも》ってやってくれ。カマキリがらんぼうしたら、そのツノで、カマキリを川へつきこんでくれ。」

そうカブトムシにいってやったって。そして虫どもがみんなで、バンザーイといって、木ぎれを川へ流《なが》した。それでおしまい。

「フーン。」

こうボクはいったものの、どうもヘンでならない。それでトラオ君《くん》にきいた。

「それきり？」

「ウン、山の友だち、それきりしか話さなかったよ。」

「それで、川を流れたちょうやカマキリなんか、どうしたの？」

「ウン、それきりだから帰ってこなかったんだろう。何しろ、間もなく山には雪がふり、谷川はこおってしまい、虫なんか、てんでいなくなったってさ。」

「それで、その山の友だちは？」

「ウン、一度《ど》きて、そんな話をしたきりで、もうこなかったな。お父さんにきいたら、さあ、どこへ行ったか、もうこないだろうって、いってたよ。少し変《か》わっているんだからね。」

とにかく、トラオ君《くん》が変わっているのに、まだ変わってるっていうんだから、どういう子《こ》供《ども》だかわからない。山の奥《おく》だから、虫なんかでも話をすることもあるのだろう。

ニジとカニ

カキの木のしたで、一ぴきのカニが、りょう手のつめをさしあげていました。ぼくはこれをみつけると、

「これはへんだなあ。」

とおもいました。それで、カニにきいてみました。

「どうしたのカニさん。」

「ニジだよう。」

カニが、いいました。

「ニジ?」

みればむこうのそらに、きれいなニジがでていました。

「きれいだね。」

ぼくは、いいました。

「鳥もとんでいる。」

ほんとうに、カニのいうとおり、ニジのうえを一わの白い鳥が、はねをうってとんでいました。

「ほんとうにきれいだ。」

ぼくはカニといっしょに、しばらくそのニジと鳥をながめました。それにしても、カニはいつまでも、りょう手のつめを、たかだかと、あげているのでしょうか。そこで、ぼくはきいてみました。

「カニさん、なぜそんなに手をたかくあげているの。」

カニはいいました。

「それでは、ぼく手をさげてみようか。」

「うんさげてごらん。」

「さげると、ニジがきえていくよ。」

そういって、カニはつめをそろそろしたにさげました。すると、ふしぎなことに、ニジがすーときえていきました。

「あああ。」

ぼくはふしぎなきがして、そういいました。カニのつめがおりてしまうと、まったくニジはなくなり、あとは一めんのあおいそらばかりになりました。鳥ももうみえません。

「ね！　わかっただろう。」

と、カニがいいました。

「うまいねえ。」

ぼくはかんしんしていいました。

「ではもう一ぺんニジをだしてごらん。」

カニは、またそろそろりょう手のつめをあげました。すると、ほんとうに、あおいむこうのそらたかく、七いろのニジがすーっとふででかいたようにでてきました。

「あれ！」

鳥もとんでいるではありませんか。

「一わ、二わ、三ば。」

七わもおおきな白い鳥が、はねをうってとんでいました。

ニジのまうえを、うえになりしたになりして。

ぼくはすっかりかんしんしてしまいました。そのときです。

「はっはっはっはっはっ。」

おおきなわらいごえがしました。ぼくはびっくりしてそのへんをみまわしました。

「だれっ？」

だれもおりません。カニもいなければカキの木もありません。ニジも鳥もなくなっていました。

ぼくは学校からひとり川ぎしのみちをあるいてかえるとちゅうでした。

ゆめだったのでしょうか。きいたおはなしをおもいだしたのでしょうか。わかりませんでした。どちらにしてもうつくしいけしきでした。

こどもじぞう

山の上にのぼって見たら、下のほうに村が見えた。村といっても、五つ六つしか家がなかった。小さい家で、小さい村だった。その村のそばに、見ると、黄色のチヨガミのようなところがあった。ぼくは考えた。

「あれはナノハナがさいている畑《はたけ》なんだな。」

その畑のそばに目を大きくして眺《なが》めたら、一ぴきのウシが、カキの木かと思われる木につながれていて、草をくっていた。なにしろ、小さい村の、小さい畑の、小さいウシだった。

しかしぼくは、その小さい村へ行きたくなった。それで山をくだって、谷をわたって、森をとおって、また山をこして、一本橋《いっぽんばし》をわたって、林をぬけて、草道を歩いて、その村をたずねて行った。そうすると、とうげの上に出た。とうげというのは、道をのぼりつめたところで、そこからさきは下り坂になるのだ。もう小さい村も近くなったように思われた。そこでひと休みしようと思って、見ると、そばに大きなスギの木が一本たっていた。その下に手ごろな石があった。腰《こし》をかけるのに、ちょうどつごうがいいのだ。腰をかけたら、下から山のおじさんがソダ[*1]を山のようにせなかにおうてのぼって来た。

「おじさん。」

ぼくはよんで問うてみた。

「その道を下へ行けば、あっちの山から見える谷の下の小さい村へ行けますか。」

「うん、そうだな、おまえさんがどの村を見たのか知らないが、この下にも小さい村が一つあるよ。」

「そこにはナノハナ畑《ばたけ》があって、ウシがカキの木につないでありますか。」

「ウーム、そうすると、杉七《すぎしち》さんの家のことだな。ウシは黒いウシか、赤いウシかね。」

「黒いウシです。」

「じゃ、杉七さんのうちのことだ。おまえ、杉七さんちのしんるいの子供《こども》なのかい。」

「そうじゃありません。」

おじさんは立ち話をしているあいだに、せなかのにもつがだいぶ重《おも》くなったらしい。ドッコイショと、それを下におろすと、ぼくのそばへ来て腰《こし》をかけ、タバコをスパスパすいだした。その時、ぼくは、その一本のスギの木の下におじぞうさまがひとつ立っているのに気がついた。よく見ると、おじぞうさまは子供《こども》のようで、しかもニコニコ笑《わら》っている。

「へんだなあ。」

そう思って、見れば見るほど、そのおじぞうさまは、ニコニコ、ぼくを見て笑いつづける。ぼくまで、ニコニコしなければならないほど、そのおじぞうさまは笑うのだった。

「おじさん、このおじぞうさま、どうしたんですか。」

ぼくはきいてみた。

「ウン、それについては、話があるんだ。」

そういって、そのおじさんは話し出した。

今から四十年も昔《むかし》のこと、この下の、その小さい村に、やっさんという子供があった。やっさんはいい子で、この山のおじさんの友だちだった。山へワラビをとりに行ったり、ウサギのワナをかけに行ったり、谷川へイワナをつりに行ったり、とても仲《なか》よく遊《あそ》んでいた。

ところが、このへんはとても雪の深《ふか》いところで、十二月はじめになると、一時に一メートルから二メートルもつもる雪がふってくる。時にはなん日もなん日もふりつづき、ほかの村へ行けないことさえある。それというのも、そんな大雪のふるときは、一メートル先さえ見えず、山も谷も野原も道もすっかり雪にうもれて、どこが、どこやらわからなくなる。だから、なん十年とそのへんにすんでいて、山はもとより、山の木一本見てさえ、ここがどこだかわかるという人でさえ、道にまようて、とんでもない方角へ行っているということなのだ。

で、そんな大雪の日のことだ。やっさんのおかあさんが病気になられた。おとうさんは、となり村へ行っていた。さあ、どうしよう? やっさんは心配《しんぱい》して、家をとび出した。おとうさんを呼《よ》んで来よう。お医者《いしゃ》さんに薬《くすり》をもらって来よう。そう思っておかあさんのとめるのもきかず、家を出て来た。その時、そうだよ、やっさんは十だったか十一だったか。となり村へ行くのには、ここを、このとうげを越《こ》えなければならない。

このとうげは、このへんでも有名《ゆうめい》な雪の深いところで、そしてまた有名ななだれの名所《めいしょ》だ。なだれというのを知ってるかい、山の上から、雪の大かたまりが落《お》ちて来るのだよ。家のような、いや、家のなん倍《ばい》という、もしかしたら、ちいさい山くらいあるかも知れないよ、そういう雪のかたまりが、ドドドウッ、ドウッと落《お》ちてくるんだよ。そのなだれに打《う》たれたら、人であろうと、ウシウマであろうと、まずひとたまりもありはしない。雪の中にうずめられてしまって、こごえて、そして死《し》んでしまう。

で、そのおかあさん思いの、おじさんと仲《なか》のいいやっさんは、その大雪の日に、おとうさんとお医者《いしゃ》さんをよびに、このとうげまでやって来た。ワラの雪ぐつをはいていた。またワラのミノを着《き》ていた。頭にはスゲがさをかぶっていた。

やっさんはさきを急《いそ》いでいた。とにかく、早くおとうさんをよんで来なければ。おかあさんの、苦《くる》しさをこらえている顔が見え、そのウメキ声を聞いているような気がした。それで、こんな日に、よくなだれのあることなんかわすれていた。なだれのときにはどうすればいいかということも、頭の中になかった。

それにしても、なだれというやつは悪《わる》いやつだ。まもののようにむごたらしく、心の冷《つめた》い、とにかくひどいまものにちがいない。やっさんが、ここへとおりかかるところをめがけてゴウッ、ゴウウ、ゴウウウと落ちて来た。雪煙《ゆきけむり》をあげて落ちかかって来た。大きな、それこそ近

年まれななだれだった。となり村にいるおとうさんも、ちいさい村にいるおかあさんも、そのなだれの音をきいた。そして、そのなだれの音にまじってやっさんの、

「おとうさん――。」

「おかあさん――。」

とよぶちいさい声もきいた。

あわれな話さ。なにしろ、十かそこいらの子どもだ。山のようななだれに打《う》たれては、どうすることも出来ない。つまり、雪にうずもれて死《し》んじまった。そして、その翌年《よくねん》、雪が消《き》えて、ワラビがはえて、そのあたりの林にコブシの白い花がさくころになって、このおじぞうさんが立てられた。やっさんににせて、とてもかわいく、いつもニコニコしているこどもじぞうが立てられた。それから、そうだ。四十なん年、やっさんはここに立ってて、ニコニコニコニコ、谷のほうを眺《なが》めたり、山のほうを眺めたり、カッコウの声を聞いたり、セミの声を聞いたり、そうよ、雪がふっても、なだれが落ちても、泣《な》きもしなければ、怒《おこ》りもしない。ひたいにしわいひとつよせやあしないよ。夜でも昼でも、はればれと笑《わら》ってるばかりさ。死ぬときは、十やそこらでそのどくなことをしたと思ったが、今となってみりゃ一生どころ

か、何百年だってニコニコだからな、長生きしている、おじさんなんかより、かえってしあわせというものかもしれやしない。

山のおじさんの話をここまで聞くと、ぼくはちょっと質問《しつもん》した。

「だっておじさん、おじぞうさんははじめから笑《わら》うことしかしらないんだから、この前で、悲《かな》しいことがあっても、腹《はら》のたつことがあっても、やっぱり笑うよりほかにできないですね。」

するとおじさんがいった。

「そうだよ。いつかなんか、おれがこの前を通りかかったら、このスギの木の下にウサギが一ぴきいるんだ。ハハア、ウサギがいるなと思っていると上のほうでシュッというような音がおこった。見ると、おどろいたじゃないか。一羽《わ》のタカが空から矢のようにおりて来る。大きなタカだよ。それがおれの目の前で、ウサギをひっつかんで、バタバタ空へまいあがってしまった。ウサギがかわいそうだった。おれは思わず、手にもっていたオノをタカをめがけて投《な》げつけ、

『こらーッ。』

て、どなったくらいだったんだよ。しかし、タカがとび立って、ウサギの毛の散《ち》ってるス

ギの木の下へかけよって見たら、なんと、この、やっさんのおじぞうさん、ニコニコニコニコさ。その時、おれは思ったよ。やっさんはしあわせだなあ。これでなければしあわせになれないと。」

でも、ぼくはいった。

「だけど、おじさん、それでしあわせでしょうか。ぼくは、そんな時やっぱりおこったほうがしあわせなんじゃないかと思うんです。」

「ウーム、そうかよ。おじさんには、ちょっとむずかしくて、わからないよ。」

そういったまま、おじさんはにわかに、荷物《にもつ》をドッコイショとかついで、

「さあ、行くぞ。」

そういって行ってしまった。後で、ぼくはまたおじぞうさまを見た。おじぞうさまはやはりニコニコしていた。おじぞうさんは、おじさんの話、やっさんがなだれで死《し》んだ話もやっぱりニコニコして聞いていたんだと、ぼくはその時考えた。つまり何でも、かでも、おじぞうさんはニコニコなんだ。この世《よ》の中《なか》が、おじぞうさんにとっては、すべてニコニコということになるんだ。おじぞうさまになったら、そうなれるかもしれないけれど、人間ではむず

かしいな。ぼくにはそんなことが思われた。

＊1　ソダ……木の枝を切りとったもの。

ゆめ

ぼくはゆめを見た。おもしろかったよ。

「おれは(あ)の字だ。」

そういう声がしたので、見ると、くらい中に電とうがついたように、(あ)という字がパッとうつっていた。

「あ、あの(あ)の字か。」

ぼくはおもった。すると、その(あ)の字がクルクルまいだした。マイマイツブロという虫がまうだろう。あんなにクルクル、そうだ、8の字や、3の字や、2の字を、いくつもつないだようにまうのだ。するとどうだ。このへんにたくさんいろんな字がちらばっていたと見え、そのひとつとくっついて、たちまち「あさ」という字ができてしまった。

「あさ、ああ、あの朝か。」

ぼくはそうおもった。しかし「あさ」はまだクルクルまいをやめず、8の字や、3の字をなんかいかやった。と、あとに（ひ）の字がくっついて、それは「あさひ」となってしまった。

「なるほど、あさ日の（ひ）だな。ふーん、これはきっと、あたらしいゆうぎなんだぞ。」

そうおもった時、（あ）の字はまた一字だけはなれて、クルクルまいをやり、こんどは、（た）の字をあとにくっつけた。それからなんかいも、（た）の字をあとにひきずってまわりまわっていたが、なかなか、つぎの字が見つからないらしく、あっちへいってまったり、こっちへいってとまったりした。ぼくは、

「あた、あた。」

と口のうちでいってみた。そして、

「あたん、あたんじゃないかな。」

ともかんがえた。

「もしかしたら、あたたかかも知れないな。」

そうおもった。とたんに、（あた）のつぎに（ま）の字がくっついた。

「なあんだ。あたまか。」

ついまた、ぼくは口のうちでいってしまった。すると、（あ）の字は（た）の字と（ま）の字をどこかへやってしまって、一字だけまいはじめた。こんどは、どんな字とくっつくか。いよいよおもしろくなって、（あ）の字のクルクルまいを見つめていた。

「あし」

こんどは（あし）という字でとまってしまった。ぼくはおもしろくなかった。アワビだの、アカハタだの、アユだの、アンパンだの、いろいろかんがえていたのに、ひとつもあたらなかった。それに、（あし）なんて、けちなことばなんで、めんどうくさくなって、

「もう、こんなもの見ないで、ねむってしまおう。」

とかんがえた。

それから少しねむったような気がした。すると、くらい中に一本の足が出てきた。その時ぼくはおもった。

「これは、さっきのつづきなんだな。」

ところが、その足が、足といっても、人間の足ではない。電信《でんしん》ばしらのようなものだった。

しかも、その上に頭がついていた。それも人間や馬や牛の頭ではない。何か台のようなもの
だった。しかし、ぼくには、

「あれが頭なんだな。」

とすぐわかった。すると、その頭の上に、いつのまにか太陽《たいよう》が出てのっかっていた。まっ
かな、まるい太陽だ。あさひなんだ。まぶしいくらい光る。とてもあたたかい。

ぼくはまたかんがえた。

「よく太陽をかんさつしておこう。」

で、まず、太陽とぼくとの間のきょりを目《もく》そくではかった。二百メートルくらいあった。

それから、太陽の形とその大きさを見た。それは、まんまるいすいかのような形で、大きさ
はちょっけい二十センチはあったろう。そのおもさはわからなかった。しかし、ぼくは、

「あれは、なまりとおなじくらいのおもさだ。」

とおもった。だって、そのスイカのような太陽は、ドロドロにとけている金ぞくからでき

ているようにおもえたからだ。ほのおのようなものは見えなかった。ひょうめんはやわらかくて、ブヨブヨしているようだった。温度《おんど》は？　それはわからなかった。でも、ずいぶんあたたかだったよ。とにかく、こんなに近く太陽《たいよう》を見たものは、今までだれひとりなかったのだから、ぼくは、よくおぼえておこうとかんがえた。

それからぼくはねむったのか、少しは目がさめていたのか知らないけれど、はっきり目がさめてみたら、もう朝だった。それでも、はっきりその太陽をおもいだすことができた。今でもおもいだすことができる。そこで、

「ぼくは太陽を見た。」

だれかにいいたくてならなかったけれど、ぼくはいわなかった。そんなことをいうと、みんなわらうにきまってるからだ。だがそうかんがえてみると、ゆめの、あの太陽は、もしかしたら人工太陽《じんこうたいよう》かも知れない。そして、もう世界《せかい》のどこかで作られているかも知れない。作られていなくても、だれかが発明《はつめい》して、トウキョウやオオサカに、とりつけるだろう。そうしたら、電とうやすみがなくても、ぼくたちは少しもこまらない。

そうだ、だれも発明する人がなかったら、ぼくが発明する。そして、電気とすみにこまっ

ていらっしゃるおかあさんをよろこばせてあげる。おかあさんばかりではない。世《よ》の中《なか》の人がどんなによろこぶか知れない。

よし、ぼくは勉強《べんきょう》して、人工太陽《じんこうたいよう》を発明《はつめい》する。


ところで、ぼくはまたゆめを見た。こんどはこわいゆめだった。

ある晩《ばん》のこと、気がついてみたら、ぼくは学校の教室の中にいた。先生はいらっしゃらなかったが、田中《たなか》くんや伊藤《いとう》くんや川上《かわかみ》くんや、みんないるようだった。かってに話をしているので、教室の中はガヤガヤしていた。その時、そとから、ドッド、ドッドというあらあらしい足音がきこえた。みだれた足音だった。ぼくは大いそぎで、まどのところへいってみた。みんなもまどのそばにかけよった。ドーッとかけよった。

そとは、たいへんなありさまだった。だって、校庭《こうてい》をなん百ぴきという大犬がかけているのだ。口をあけて、するどい歯《は》をだして、長い舌《した》をたらしてフッフいってかけている犬がいた。長いしっぽをうしろにひきずって、ピンと耳を立てて、目をいからせてかけてる犬がいた。どれも、足が長くて、せいが高くて、毛があらくて、色はちゃかっ色だった。それが、こう水のように、西のほうからきて、東のほうへかけてゆく、あとからもあとからもドンドンつづいてくる。だれひとり声をだすものがなかった。みんなまどにしがみつくようにしていた。そのうち、田中《たなか》くんが、

「すごいなあ。」

といった。すると、

「こりゃ、ヤマイヌだ。」

川上《かわかみ》がいった。

「どうしてオオカミなんだ。」

伊藤《いとう》がききかえした。

「みんな口が耳までさけているだろう。あれは人をくうオオカミの口だ。」

「ふーん。」

みんなは、うなるような声をだした。ぼくはおそろしくて、さむくなり、からだがふるえだした。歯《は》をじっとかみしめようとおもうのに、上と下とが、がちがちかみあった。ぼくはおもった。

「オオカミは、日本では動物園《どうぶつえん》にしかいなかったとおそわったのになあ。」

しかしその時、だれかが大声でいうのがきこえた。

「戸をしめろっ。中へはいってくるぞ。」

ぼくたちは、まどのガラス戸を、がたがたおろした。四、五人は両方《りょうほう》のいり口のひき戸のところにかけより、それをしめて、力いっぱいおさえた。それから、なん十分たったか知らない。だいぶん時間がたった。

やはり、そとのオオカミの大群《たいぐん》はつづいていた。すると、どこかでサイレンがなりだした。はんしょうもうたれだした。ぼくは、いよいよこころぼそくなった。

その時、いり口の戸を、そとからわれるようにたたく音がした。みんなはかおを見あわせた。

「先生だ。先生だ。」

というものがあった。

「ううん、オオカミかも知れないじゃないか。」

というものもあった。

「だれですか。」

ふるえ声で、田中《たなか》くんがいった。

「けいかんだ。町のけいかんだ。」

その声がいった。

「おい、おまわりさんだ。あけてやれよう。」

だれかがいった。それで、戸があいて、一人《ひとり》のおとながはいってきた。その人はカーキ色の服《ふく》を着《き》ていた。しかし、どうもへんな服だった。そして、はなの下に長いひげをはやしていた。頭のかみもボウボウのばしていた。とにかく、きみのわるい、へんちくりんなおまわりさんだ。それに、げたなんかもはいていた。その人は教壇《きょうだん》にあがると、

「ただ今、けいほうが発《はっ》せられました。」

そういうのだ。

「オオカミの一群《いちぐん》は日本中部《ちゅうぶ》アルプスのけいこくから発して、マツモト、スワ、コウフの諸《しょ》都市《とし》をおそい、ただ今トウキョウにむかうとちゅうにあります。その数なん十万あるかわかりません。今ではだいたい、三群《ぐん》にわかれて移動《いどう》しておりますが、北《きた》アルプス、南《みなみ》アルプス

で、集合《しゅうごう》しつつあるようすが見うけられますので、
地方《ちほう》の山谷《さんや》にも、百、二百とほえたけって、集合《しゅうごう》しつつあるようすが見うけられますので、それらがいくつかの大群《たいぐん》となって、どこかの村や町、あるいは市をしゅうげきに出かけることは、予想《よそう》されているところで、ナガノ市、ナゴヤ市、いずれもげんじゅうなけいかいをいたしております。」

そういった時、だれかが手をあげてきいた。

「先生、オオカミは人をとってくうんですか。」

するとそのけいかんは

「いや、そんな報告《ほうこく》はまだきておりません。」

そういう。

「では、なぜ、町に出てくるんですか。」

「うん、それは人間があまり山の木を切りすぎたでなあ、オオカミもすむところがなくなったんだ。ええ、くそっというわけで、やけになって出てきたとみえる。」

「それで、オオカミはどうしようっていうんですか。」

「うん、それじゃって、それがわからないんだ。それでこまっとるんじゃ。」

「それでは、木のあるところへ移動《いどう》してるんですか。」

「そうかも知れない。とにかく、まきがない。すみがない。家をたてる。で、山をぼうずにしてしまったからな。そうさえしなければ、よかったんだ。こまったことだ。」

その人はすっかりしょげて、教壇《きょうだん》のつくえの上にひじをついて、手をひたいにあててしまった。

そのつぎ、しかしぼくはとびあがるほど、びっくりした。だって、教室には、いつのまにか一人《ひとり》もいなくなってしまっていた。そして教壇の先生のつくえの上には、一ぴきのオオカミがよこになってねていた。

「わーっ。」

といって、ぼくは大声をあげた。それで目がさめた。おそろしいゆめだった。でも、ゆめでよかった。ほんとうだったら、それこそぼくは、オオカミにくわれてしまっていたかも知れない。

朝になって、おかあさんにその話をして、ほんとうにそんなことがあるかきいてみた。おかあさんはわらっておられた。それで、ぼくはやっぱり、そんなことはないのだとおもった。

生まれたときもう歯《は》がはえていたという話

どうも、これは、おばさんから聞いた話のように思うのですが、うそか、まことかわかりません。とにかく、わたしは生まれて三日たったとき、口の中を見たら、歯《は》がはえていたというのです。

「ありゃ、この子はもう歯がはえとらあ。」

おばさんはびっくりしたそうです。そこで、お産婆《*1さんば》さんや手伝《てつだ》いの人や、おばさんの姉や妹や、何人もが、

「どれ、どれ。」

めずらしがって、つぎつぎとのぞいたそうです。しかしなにぶん生まれたばかりの赤んぼ

うのことですから、そんなに口を大きくあけて見るわけにはいきません。また、指《ゆび》をつっこんで、その歯《は》というのにさわってみることもできません。それで、

「歯がはえとるなんて、そんなことはありませんよ。あんたの見ちがいだよ。」

そういう別《べつ》のおばさんもあったそうです。しかし、わたしの歯を最初《さいしょ》に見た、そのおばさんは、そのときまだ十四、五の娘《むすめ》だったのですが、

「見た。わたしはたしかに、ジョウジの歯を見た。さっき、大きなあくびをしたとき、口の中の奥《おく》のほうに、白い小さな歯がちゃんと、三本はえていた。」

こういってききません。おばさんはいま、もう九十二か三になりますが、耳は聞こえないけれど、生来《せいらい》のがんこやで、いいだしたらかぎり、あとへひきません。それ以来《いらい》、ジョウは生まれたとき、奥歯《おくば》が三本はえていたと、いまにいいはっているしまつです。

ところで、わたしは子どものころ、そんなことを、このおばさんから聞いたもので、そのころまだぴんぴんしていたおかあさんに、問《と》うてみました。

「おかあさん、わたしが生まれたとき、奥歯が三本はえていたというの、ほんとう？　うそ？　おばさんは見たというんだけど――。」

するとゝ母はいいました。

「それがねえ、そのとき、おかあさんはお産《さん》のあとでしょう。すっかりくたびれて、元気がなかった。だから、そんなことあるはずがないと思ったけれど、たしかめもせずに、ぐうぐうねむっていたんだよ。一週間もたったかねえ。おばさんの話を思い出して、あんたにお乳《ちち》をのますとき、口の中へ指《ゆび》を入れて、歯《は》ぐきのへんをようくさぐってみたんだよ。しかし歯らしいものは一つもさわらなかった。だからね、あのおばさん以外《いがい》、あんたに歯がはえていたなんて、思ってる人はひとりもありませんよ。まったく、そんなことがあるはずがないもの。」

そこでわたしは、もういちど、おかあさんに聞いてみました。

「だけどおかあさん、おばさんはなぜ、ぼくに歯がはえてたっていうんだろう。ぼくは、ねこやねずみじゃなし、生まれるともう、ぎざぎざの歯があったなんて、はずかしくて大きらいだ。」

すると、母はいいました。

「それはねえ、おばさんは、あんたをひいきにしていってるんだよ。中国《ちゅうごく》にむかしむかし、老子《ろうし》っていう、えらい人があったそうだよ。その人が、いい伝《つた》えによると、生まれたときもう歯《は》がはえていたそうなんだよ。そのうえ、この人は、よっぽど長くおかあさんのおなかの中にいたとみえ、生まれるとすぐ、おとなのようにものをいったというんだよ。それから、弘法大師《こうぼうだいし》だの、太閤秀吉《たいこうひでよし》だのというえらい人も、生まれたときもう、ものがいえたとか、歯がはえていたとかいうんだよ。つまり、えらい人は生まれるときからもう、えらくなって生まれてくるということなの。だから、あんたも、ねこやねずみどころか、えらい人になる生まれつきっていうわけなのよ。おこってはだめ。」

母はそういいましたが、それでも、わたしは、自分がねこやねずみに似《に》ているように思われ、どうもいい気持《きも》ちがしませんでした。

ところで、なんとわたしは、いま七十九になっております。この歯がはえていたときから七十九年もたちました。

それで思い出してみるのですが、どうやら、ねこにもねずみにもならないですんだようです。しかし、まだわからんという人があるかもしれません。

お寺で、お坊《ぼう》さまの話を聞きますと、人間が死《し》ぬると、あの世《よ》というところへいくのだぞうです。そこで人間は、ねこに生まれたり、ねずみにかわったりすることがあるそうです。こまったことです。

でも、そんなことは、話ばかりで、見てきた人はないのですから、ほんとうのことはわかりません。まあまあ、この世《よ》で、ねこにもならず、ねずみにもならず、人間として七十九年も生きられたというのは、なんというしあわせなことだったでしょう。

そのしあわせの七十九年のうちでも、わたしがいちばんしあわせと思うのは、ということになると、やはり子どもの時代《じだい》です。そしてわたしが、この七十九年間でいまでもいちばんよくおぼえているのは、その子どものときのことです。七つぐらいから十四、五まで、故郷《こきょう》の村でせみやふなをとってくらした七、八年のあいだの生活です。

では、それをこれから書いて、みなさんにもたのしく、幸福《こうふく》になっていただきたいと思います。

＊1　お産婆さん……助産婦のこと。出産を助け、産後や新生児の世話をする。

エヘンの橋《はし》

まず、村にかかっていた十七からの橋の話を聞いてください。

なにぶん、わたしの生まれて育《そだ》った、あの岡山在《おかやまざい》の島田《しまだ》という村には、山が一つもなくて、見わたすかぎりが田んぼだったのです。

田んぼというものを、きみは知っていますか。春五月ごろから、そこには水を入れます。そして水がたっぷりはいったところで、いねを植《う》えます。いねは、秋までそこに植わって育つのです。まず八月ごろには花がさき、九月には実《み》がなります。十月には、その実をとって、十一月にお米にするのです。

その五月から十月まで、半年ほどのあいだ、いねは水草なんですから、田んぼに水を入れて、そこを池のようにしておかなければなりません。そうするのには、遠いところを流《なが》れている大川から水を引いてきて、その見わたすかぎり広がっている田んぼに水を入れなければなりません。

その見わたすかぎりの田んぼといっても、まるでごばんの目のように、小さい仕切《しき》りがたくさんあって、その数はきっと、何百というのだったと思われます。そこへ一つもれないように水を引くには、それこそたくさんの川が必要《ひつよう》です。大きな川、中くらいな川、小さい川。

まず、村の大きさからいいましょう。そうですね、あれで、南北が二百メートルぐらいでしょうか。東西となると、三百メートル、そんな小さい村なんです。それなのに、川が、そうです、橋《はし》をかけなければわたれないような川が、南北に二つです。東のはしっこと西のはしっこです。ところが東西に流れている川となると、四つもあるのです。

まず東のほうから流れてくる大川というのがありました。それが村の北のはしを流れて一年じゅう、水をたっぷり運《はこ》んでいました。そこから中くらいの川が南をさして流れ入り、それがなんと三本にわかれて、村の中を通っていました。

つまり村には大川といっしょに、四すじの川が東から西へ流《なが》れていたのです。そうなってくると、橋《はし》が必要《ひつよう》です。

わたしはこの二、三日、頭の中に七十年前の村の姿《すがた》を思いうかべて、その橋の数を数えてみました。するとそれが十七もあるではありませんか。

「一つ、二つ、三つ、四つ――。」

村に、それも家が二十軒《けん》ばかりしかない小さな村に、十七の橋があるなんて、そのとき、わたしにはどうも、すこし数《かぞ》えちがいがあるように思われてなりませんでした。それでなんども数えてみたのですが、ちがいはありませんでした。

そこでまず、わたしが生まれた家の東北のかどにある橋の話をいたしましょう。

それは横幅《よこはば》が二メートル、縦《たて》の長さが三メートル。いや、もっと小さかったかもしれません。みかげ石でできています。わたしが生まれる前からそこにかかっていたのですから、百さい二百さい、あるいは、もっと年をとっているのかもしれません。

とにかく、そんなに小さい橋ですから、名まえはありません。名まえはないのですが、わたしはわたしひとりの頭の中で、それをエヘンの橋とよぶことにしております。それというのが、むかし母から聞いた話があります。

それにはまず、父がたいへんなかんしゃくもちだったことを申《もう》しあげなければなりません。とくに、御飯《ごはん》のときおぜんに向《む》かうと、もうおこっておるのでした。

御飯のときぐらいなごやかに笑顔《えがお》をして、みんなをらくな気持《きも》ちにしたらよさそうなものと、母はよく思い思いしたそうです。とにかく、そうして食事時《しょくじどき》に腹《はら》をたてると、茶わんをそこらへ投《な》げとばして、みじんにわったりするのでした。

もっとも、父は、わかいとき、御野郡《みのぐん》の三秀才《しゅうさい》といわれたほどの才能《さいのう》をもっていたそうです。一八五六年生まれの百姓《ひゃくしょう》の子でしたけれども、一八八〇年明治《めいじ》十三年には、二十四で石《せき》油《ゆ》ランプの心《しん》を作ることを始《はじ》めました。そして村のかたすみに小さな工場を建《た》てて、その製《せい》品《ひん》を売りに、大阪《おおさか》や東京《とうきょう》へよく出かけました。

ところで、そのお昼御飯《ひるごはん》です。工場がいそがしいもので、なかなか、十二時に家へ帰れません。いまのように電話があれば、これから帰るなんて知らせるの、わけはないのですが、明治十年代《だい》です。そうはいきません。

母も食事の用意《ようい》いちおうはしておくものの、おそくなれば、おつゆもさめます。あたたかい御飯もつめたい御飯になります。もうきょうは晩御飯といっしょになるかと、昼の用意をしまいかけていると、父がいそいそ帰ってくることもたびたびで、そうでなくとも、気が立っているのですから、たいへんです。茶わんがとんだり、おさらがはねたりいたします。むかしの人は、どうしてこうらんぼうだったのでしょう。

そこで母はいいました。

「あなたの帰られるときがきまっていないから、こんなことになるのです。これからは、いま帰ると、ちょっと前に知らせてくだされば、疎漏《そろう》なく、ちゃあんと用意しておきますよ。」

これを聞くと、父は、

「よし、それじゃ、あすから、おれが裏《うら》の橋《はし》のところに帰ってきたら、あそこで、エヘンと、せきばらいをしてやるからな。それならいいだろう。」

そういったといいます。母は年をとってから、それを思い出して、わたしに話してくれました。

「あの橋から、うちのこの茶の間まで歩いて何分かかるだろうね。一分か、二分。そのあいだの御飯の用意だから、おぜんを出すまもなかった。」

この話を聞いてから、わたしは心の中で、その橋《はし》をエヘン橋と命名《めいめい》して、ときどき思い出してみるのでした。すると、その橋の上でエヘンなんていばっている、明治《めいじ》二十年ごろの父の姿《すがた》が目にうつるようで、どうもおかしくてなりません。

ところで書き落《お》としました。わたしが小学校の四年生か五年生のころと思います。土曜の学校半日の日でした。おなかをすかして、その橋のところに帰ってきて、父のエヘンを思い出して、わたしもエヘンエヘンと、大きなエヘンをやって帰ってきました。しかし母は、べつに御飯《ごはん》の用意《ようい》もしておりません。

「いま、橋のところでエヘンとやったの、おかあさん聞こえなかった?」

と聞いてみましたら、

「ふざけるもんじゃありません。」

と、かえって母にしかられました。

馬太郎《うまたろう》とゴンベエ

わたしはもう八十になります。子どものころから、からだが弱くて、よく学校を休んだのですが、それがいま、八十になったのです。ふしぎでもなんでもありません。一年、二年、三年と、お正月がくるたびにかぞえておれば、八十、ことしで八十になりました——と、そういうときがくるのです。その、そういうときが、ことしのお正月にきました。

「おじいちゃん、八十ですよ。八十になったのですよ。」

そういわれても、わたしは思いもかけないことのように思われ、

「マキちゃん、おまえ、八十になったのかい。」

と聞きました。すると、孫《まご》のマキは、大わらいして、

「小学四年のぼくが、八十になんかなったりするはずがないじゃないか。なったのは、おじいちゃんですよ。おめでとう。おかあちゃんが、そういってこいといったんですよ。では、もういちど、うちのおじいちゃんは、ことし八十になりました。おめでたいことです。ぼくは十になりました。おじいちゃんの八分の一です。でも、やっぱり、おめでたいそうです。なにしろ、これから七十年たつと、ぼくも八十になります。だから、これから毎年お正月におめでとうと、七十ぺんいうと、おじいちゃんと同じ年になるんだ。いまここで、十一、十二、十三とかぞえれば、年も八十ということになるんだと、わけはないんだが、一年三百六十五日たたないと、一つといえないんだから、年をとるのも、ほねがおれるねえ。」

これを聞いて、わたしは、わっはっはとわらい、

「なに、年をとってみれば、七十も八十もわけはないよ。おじいちゃんだって、ぐずぐずしてると、百になるかもしれないよ。」

それを聞くと、マキ君《くん》、おどろいて、目を見はりました。

「わあ、百、すごいなあ。おじいちゃん、百まで生きるの。」

「いやいや、百まで生きるかもしれないということさ。そうきまっているわけでもないのよ。」

「ふうん。」

マキはしばらく、そこに立ったまま考えこんでしまいました。

「どうした、どうした。考えこんでしまったじゃないか。」

そうわたしがいうと、マキのいいますには、

「年って、考えれば考えるほどふしぎなもんだねえ。ぼく、わからなくなっちゃった。」

「なるほどねえ。」

八十のこのわたしも、やはり年というものがわからなくなって、マキといっしょに、いろりのそばにすわり、考えこんでしまいました。

しかし、わたしの考えるのは、マキのように数のことではありません。わたしがマキのような子どものころの友だちのことです。

それは小さい学校でしたので、一組が二十五人ぐらいしかいません。しかも学校は四年どまりでしたから、生徒《せいと》の数は全校で百人でした。その生徒を思い出してみると、どうやらいまは、もうほとんどが、妙林寺山《みょうりんじやま》という村の墓地《ぼち》のお墓《はか》になって立っているようです。学校《がっこう》時代《じだい》はおにごっこをしたり、陣屋《じんや》とりをしたり、馬とびをしたりしてあそんだ、百人からの

友だちが、いまとなっては、どうやらほとんど一人《ひとり》もいないらしいのです。

わたしのくには岡山《おかやま》なんですが、その岡山に帰るたびに、そのころの友だちをたずねて、みんなのことを問《と》うたり聞いたりしたものです。それが、いまは、もうそれを聞く人さえおりません。一人のこらず、妙林寺山《みょうりんじやま》へいってしまったのです。それがふしぎといえばふしぎで、小松原《こまつばら》・松本《まつもと》・三好《みよし》・仁井《にい》・大西《おおにし》・立川《たちかわ》・武南《たけなみ》・景山《かげやま》・高森《たかもり》・北条《ほうじょう》・斎藤《さいとう》・難波《なんば》、つぎからつぎへ思い出されてくるのですが、一人もこの世《よ》におりません。みんな妙林寺山です。そう考えていたとき、一人、その妙林寺山でないのを思い出しました。それで、その友だちのことをこれから書こうと思います。

かれは岸本馬太郎《きしもとうまたろう》といいました。馬太郎なんて、なんだかこっけいな感《かん》じですが、なにぶんいまから七十年もむかしです。猪之吉《いのきち》というのもあれば、熊次《くまじ》だの鹿之助《しかのすけ》だの、動物《どうぶつ》の名をとったのが、たくさんありました。だから馬太郎も、わたしたちはべつにこっけいには思わなかったのです。

ところが、この馬太郎君《うまたろうくん》、からすを一羽飼《か》っていました。それもまだ、子どものからすで、馬太郎にとてもなついていました。かれの肩《かた》の上にとまったり、それから、ひょいと飛《と》びあがって、頭の上に乗《の》ったりしました。肩《かた》のときは、べつになんともないのですが、頭の上にいくと、からすの足ではすべり落《お》ちそうになるので、ついつめを出して、毛につかまろうとするのです。そのつめがしかし、毛が短《みじか》いもので、頭の肉につきささり、馬太郎君《うまたろうくん》、顔をしかめて、「いたたたた。」と、そういうのでした。

それでも、馬太郎君は、学校から帰ると、そのからすをいつも肩や頭にとまらせて、村の中や、田んぼのほうなどを歩きまわっていました。それは、春になると、田んぼや原っぱには、いなごやばったの子が、ピッピッ音をたてて飛《と》びはじめるのでした。そこで馬太郎は、そのばったやいなごの子をからすに食べさせに、田んぼのほうへつれていくのでした。

そのころになると、からすもだいぶ大きくなり、田んぼのむこうの方まで飛んでいき、草の中にかくれてしまうこともたびたびでした。そこで馬太郎君は、それまで、からすからすとそうよんでいたのですが、そのころ、これに、ゴンベエという名をつけました。きっと、

「ゴンベエが、たねまけば、からすがほじくる。」

という、歌から思いついたんだと思われました。

だから、そのころ、田んぼのほうで、

「ゴンベエー、ゴンベエー。」

とよぶ、馬太郎《うまたろう》の声がよく聞こえました。

いや、それどころではありません。もっとおもしろいのは、馬太郎が、はややふなをつりにいくときでした。ゴンベエは、馬太郎の肩《かた》やぼうしの上にとまって、そのへんを見わたしながら、ときどき、なにを思ってか、

「ガー、ガー。」

と鳴いておりました。

そして、馬太郎が橋《はし》のたもとなどでさおを川の上にさし出して、つりはじめると、からすは、もう、はややふなをつることを知っていて、岸《きし》にしげった草を、つま先でかきまわしながら、さおのほうを気をつけていました。そして、さかなが一ぴきでもつりあがると、よろこんで、いっときも早くそのさかなを口に入れようと、馬太郎の手をくちばしでつつき、つつきしました。

「こら、待《ま》て待て。」

馬太郎は、ゴンベエがらすをそういって、追《お》いはらい追いはらいしました。しかし、その

さかなを食べてしまうと、ゴンベエは、こんどは馬太郎《うまたろう》のぼうしの上にのっかって、つぎのさかなのつれるのを待《ま》ちました。

しかし、頭にからすをとまらせてつりをしている馬太郎のすがたがなんともこっけいなもので、道ゆく人がおかしがって、思わず、

「はっは。」

とわらいました。

ところで、こうして半年ばかりたちました。ゴンベエは、すっかり大きくなり、いぬやねことでも、けんかをするようになりました。けんかというより、いぬやねこをからかうのかもしれません。道にいぬがいると、ゴンベエは、その近くへおりてって、ゆっくりそのへんを歩きまわるのです。そして、いぬの近くへよっていくのです。いぬが、

「なにをこのからすめ。」

と思うせいか、わっと、ゴンベエにとびかかっていくのです。すると、ゴンベエは、バタバタと空にのぼっていき、それから、いぬの近くへおりそうにしたり、ときには、その頭でもくちばしでつつきそうにしたりするのでした。いぬはおこって、あっちにかけ、こっちに

かけして、すっかりくたびれてしまいます。

ゴンベエは、それがおもしろくて、よく、その遊びをやりました。しかしそのうち、いぬはもうゴンベエのやり方を知って、相手《あいて》にならなくなりました。

すると、そのうち、ゴンベエにとって、じつによいことが見つかりました。秋になって、村のかきの木に実《み》がすずなりになってきました。そしてそれが、あかあかとうれてきたのです。つついてみると、そのおいしさ。

ゴンベエは、馬太郎《うまたろう》の家のかきばかりではありません。村じゅうの、あっちのかき、こっちのかきと、味《あじ》みをするようにつついてまわりました。

そこで、馬太郎のところは、あっちの家、こっちの家からおこられました。

「こまるじゃないか。ゴンベエを飼《か》っとくのなら、鳥かごに入れて飼いなさい。」

そういうのです。しかたがありません。おとうさんやおかあさんは、ゴンベエを妙林寺山《みようりんじやま》にでもつれてってすててきなさいというのですが、かわいそうでそうもできません。

しかたなく、にわとりをふせるかごを物置《ものおき》から出してきて、学校にいくときには、ゴンベエを、それで庭《にわ》にふせておきました。えさにはかきを一つか二つ入れておき、水なども、にわとりにやった水入れを入れておきました。

しかしそのうち、家のかきはなくなり、友だちにたのんで、一つ二つともらって、ゴンベエにやりました。それも、いつまでもそうすることもできず、馬太郎君《うまたろうくん》、こまってしまいました。

「どうしたらいいかしらん。」

そのとき、村でまだ一つもかきをくれない家を思い出しました。木村《きむら》という家です。

そこには、おじいさんとおばあさんとがいて、庭《にわ》にはかきがすずなりです。むすこさんがアメリカへいって、かせいでいるので、おじいさんもおばあさんも、安楽《あんらく》です。馬太郎はそこへ一度《ど》、かきをくださいとたのみにいったことがありましたが、おじいさんが、なんともがんこものなんです。

「うちのかきは人間が食べるために植《う》えてあるかきなんでね、からすなんかにやるかきは一つもないんだ。」

そういってことわられました。そうなると、しかたがありません。馬太郎は、夜、こっそりいって失敬《しっけい》してくるより手はないものと決心《けっしん》しました。

そして、ある夜のことです。ちょうど月夜で、枝《えだ》にぶらさがったかきもよく見えました。長いさおの先を二十センチばかりわって、そこに細い木ぎれをはさみ、ちょうど指《ゆび》でするはさみのようにしました。それを木村家《きむらけ》のかきねのかげからつき出して、一つのかきをはさみました。さおをちょっとひねると、かきの小枝《こえだ》が折《お》れるわけです。そして、かきはさおの先にはさまれるしくみです。

ちょうど、馬太郎《うまたろう》がそれをやったときです。門がガラッとあきました。

「こらっ、もうくるころと待《ま》ってたんだ。」

木村のおじいさんです。棒《ぼう》をふりあげております。いや、これはたいへんと、馬君《うまくん》、びっくりしてにげだしました。やみくもににげ出したもので、村の南をさして走りました。

ところがそこには、川が一すじながれていました。農道《のうどう》なもので、橋《はし》がないのです。木村のおじいさんが棒をふりあげたまま、

「待たんかあ、待たんかあ、こら待て、こら待て。」

と追《お》いかけてくるもので、とうとう馬太郎は、その川にとびこむことになりました。

「たすけてえ、たすけてえ。」

と、その前によびましたが、まにあいませんでした。おじいさんは、小さい川だし、あさい川だし、心配《しんぱい》ないと、そのまま家のほうにひきかえしました。

ところが、たいへんです。翌朝《よくあさ》、馬太郎《うまたろう》は、その川下《かわしも》百メートルばかりのところに、うつぶせになって、水にうかんでいるのが発見《はっけん》されました。村では大問題《だいもんだい》になりましたが、なんとすることもできません。

馬君《うまくん》の家では、その川岸《かわぎし》に土を盛《も》って、塚《つか》をつくり、そこに、かきの木を植《う》えました。すると、毎年何十羽《ぱ》というからすが、どこからかあつまってきて、がやがやさわぎながら、そこにみのった実《み》を食べました。その中にゴンベエもいたかもしれません。

あ、わすれていました。馬君がこのときよんだ、

「たすけてえ。」

という声を、わたしは子どものときに聞いたように思い、それがいまでもわすれられません。

かっぱのふん

かっぱというのを知っていますか。知らないでしょう。いまごろの子どもは、かっぱもてんぐも、それから、人をばかすきつねなんかも、まるで知りません。

知ってるほうがいいか、知らないほうがいいか、わたしにはわかりませんが、いまから七十年ばかりむかし、わたしの子どものころには、だれ一人《ひとり》、かっぱやてんぐやきつねのことを、うその話だなんて思うものはありませんでした。

それは、わたしは岡山《おかやま》の町の近くに生まれそだった人間なんですが、かっぱもてんぐも、岡山の町に住《す》んでるとは、子どももおとなも思ってはいませんでした。

しかしどこか、山のむこうか、野原の遠いかなたなどに、そのきつねやてんぐやかっぱが、深《ふか》い草の中や、高いまつの木の上や、よどんだ山の池などにかくれ住《す》んでいるように考えていました。

きょうは、そのころの、そのかっぱの話を書くことにしましょう。

学校の帰りでした。セキさんがいったものです。

「このあいだのお祭《まつ》りのときにな。高柳《たかやなぎ》のおじさんがいっていたんだぜ。高柳のほうには、いまでもよく、かっぱが出るそうだ。」

「へええ。」

石《いし》さんがそういったのは、なんとなく、それに反対《はんたい》したかったからのようでした。

それで、ぼくはいいました。

「このへんには、あまり出ないようだね。ぼくなんか見たこともない。」

すると、セキさん、声に力を入れていいました。

「出るさあ。おれなんか、しょっちゅう見てる。」

「ほんとかあ。」

石《いし》さんが、さもうたがうらしくいいました。

「ほんとさあ。そのうち、おれが見つけて、みんなに知らせてやらあ。」

これを聞くと、いっしょに帰っていた、島田村《しまだむら》の子どもたち十人ばかりが、口々にいうのでした。

「うん、これはおもしろい。かっぱの話は、いつもいつも聞くけれどさ、一度《ど》もほんものにお目にかかったことがない。」

すると、また一人《ひとり》がいいました。

「そうなんだ。おれはもう何年も、かっぱを見たい、かっぱを見たいと思って、夏になると、いや、冬だってさ、川のふちを通るときには、あっち、こっち、目を走らせていくんだぜ。ジャバッという、水音を聞くたび、それ、かっぱだと、すぐそっちのほうを見るんだけれど、いつも、それが、なまずがはねたり、いたちが川へとびこんだりするのばっかりなんだ。」

こんなことをいうものもあったりして、セキさんは、みんなとかたいやくそくをすることになりました。

「きっと、ちかいうち、そうだ、一週間のうちに、かならず、かっぱをみんなに見せてやる。」

そういってしまったのです。とにかく、それは土曜日だったもので、月曜になると、その帰り道、みんなは、セキさんにさいそくしました。

「セキさん、かっぱは?」

石《いし》さんがそういいました。するとセキさんは、しばらく考えていましたが、

「そうだ。あれは、この前の金曜日だったかしらん。かっぱがねえ、おれんちの田[*1]んぼのくろのところへやってきて、うんこしていたんだ。」

「へえ、それからどうしたんだ。」

「うん、おれ、どうしたもんかと考えたんだけれど、とにかくこわいだろう。じっと見ていたんだ。そうすると、かっぱのやつ、それはこわい目をして、おれをじいいとにらまえる。こう前がみをたらしたその間から、きらきら目を光らせる。おれは、こわくてこわくて、からだがふるえてきた。そこでつい、わああっといってしまったんだ。」

セキさんのその声に、みんなもつい、わあっといってしまいました。

「しかしな、かっぱは、そのあいだにどこへいったか。きっと、田んぼのいねの中へでも、もぐっていなくなってしまったんだ。そしてあとには、小さな黒いふんをのこしていた。い

ぬのふんのようなやつだ。こいよ。おれ、見せてやる。」

それが学校帰りの男生徒《だんせいと》十人ばかり、セキさんのあとについて、そのかっぱのふんを見に走っていきました。

やっぱり、いぬのふんのような黒いのがそこにあって、上にぱらぱらっと草の葉《は》っぱがかかっていました。みんなは、ふうんなんていって、頭をあつめてそれをのぞきこみました。

そうして、みんなはしばらく、それをのぞいていたのですが、一人《ひとり》が、その黒いふんのほうへ鼻《はな》を近づけて、においをかぎました。そしていいました。

「うん、なるほど、やっぱりくさいよ。とてもくさいよ。」

それで、みんなも、そのふんの上に鼻をつき出し、ふん、ふんふん、ふんいいながら、においをかぎました。そしてみんな、つぎつぎといいました。

「うん、やっぱりくさいよ。うん、くさいくさい。」

「うん、やっぱりくさい。くさいくさい。」

そういったもので、にわかに、そのだれにでも、なににでも、鼻を持《も》っていって、くさい、くさいと、さもくさそうにいうのがはやりだしました。

においをかぐほうは、からかうのですから、いいのですが、かがれるほうは、くさいと、鼻《はな》の上にしわをよせたりして、さもくさくてたまらんようにいわれるもので、だれかが鼻を持《も》っていくと、その鼻を両手《りょうて》でおしもどしたりしてさわぎました。

しかしそのときは、それほどのさわぎにはならなかったのですが、あくる日がたいへんでした。学校ではやりだしたのです。それも、いちおう、そのかっぱのふんの話をしないと、わけがわからないもので、昼のおべんとうのとき、石《いし》さんがみんなにいいました。

「きのうはおもしろかったんだぞ。セキさんがな、かっぱのふんを見つけたんだ。うん、そうじゃない。かっぱがうんこしているところを見つけたんだ。それでね、そうっと、かくれかくれ近よっていって、くろのかげから、『わっ。』といってとびだしたんだって。すると、かっぱ、びっくりして、『わああっ。』といって、田んぼのいねの中にもぐりこんで、どっかへにげちゃったんだってさ。おれたち、あとから、そのくろのところへいってみたら、小さいかっぱのうんこがあったのさ。しかし、その小さなうんこがさ、くさいの、くさくないのって、鼻がまがるくらいなんだ。それでみんな、『ううん。』てうなったんだ。やっぱり、かっぱのうんこはくさいんだね。そこまではよかったんだが、あとで、そこへいった十人みんなに、そのうんこのにおいがうつってさ、頭でもせなかでも、しりでも足でも、みんながうんこくさくて、そりゃよわったんだ。」

石《いし》さんがこう話すと、もう、村の一人《ひとり》が、そばの子どもの頭に鼻《はな》をよせて、

「あれえ、やっぱりくさいぞう。うん、これが、かっぱのうんこのにおいだ。」

＊1　田んぼのくろ……田のあぜのこと。

よそのお母さん

何年生の時でしょうか。どうも、ソウジ当番にあたって、みんなとは、一時間ばかりも遅《おく》れて帰っている時だと思います。川べりの道を、わたしは一人《ひとり》、家をさして歩いていました。太陽《たいよう》が少し西に傾《かたむ》いて、何となく、あたりが淋《さび》しく思われました。それというのが、いつもは、本村《ほんむら》＊1と出村《でむら》二つの字《あざ》を合わせた子供《こども》が三十人くらいも、一列《れつ》に並《なら》んで帰っているのでした。だから、ガヤガヤ、ガヤガヤ、喧《やかま》しくいい合って、時には、後から「順番《じゅんばん》おくり」とか「送り叩《たた》き」とかいって、肩《かた》でもお尻《しり》でも、頭でも、ぶってくることがありました。そうなると、前のものを強くでも弱くでも、「叩きおくり」そういって、打《う》てばいいのです。然《しか》しだれでも、ただ打たれるのは、何かソンでもしたように思われるもので、前のものを、それこそ、

力を入れて打《う》つのでした。すると、それがおくりおくられて、先頭へ行くと、今度《こんど》は先頭から逆《ぎゃく》に、

「お返《かえ》しおくり」

なんかいって、叩《たた》き返してくるのでした。こんなことで、なかなか賑《にぎ》やかで、騒《さわ》がしい道なのですが、その日は一人《ひとり》なもので、大変淋《たいへんさび》しく、空を見れば、その空の広いこと、村の方を見れば、いつもより、それが遠く思われ、歩いても歩いても、なかなかそこへ行かないように思われました。そんな時でした。彼方《むこう》から、女の人が一人歩いて来ました。中年の人です。ぼくのお母さんと、同じでしょうか。少しは若《わか》いのでしょうか。叔母《おば》さんと同《おな》い歳《どし》くらいでしょうか。富村《とみむら》の人です。前に見たことがあるか、どうかわからないのに、ぼくには、この人が富の人だということがわかりました。どうしてでしょうか。わけはわからないのに、わかったのです。すれ違《ちが》った後、ぼくは思いました。

「あの人、もしかすると、お母さんかも知れないぞ」

なんで、そんなことを思ったのか、わかりません。とにかく、そう思ったのです。そしてその翌日《よくじつ》だったか。また別《べつ》の日だったか、もう忘《わす》れましたが、その富村の中を歩いて、学校

へ行く途中《とちゅう》、門の戸のいつもしまってる家のところを通りかかると、ぼくは思いました。

「ここ、あの女の人の家なんだ。きっと、そうなんだ」

これも、何でぼくが、そう思ったか、わかりません。その女の人には、それからもう一度《ど》か、二度か、やはり学校への通り道であいましたが、その度《たび》、そう思うのでした。不思議《ふしぎ》なことです。然《しか》しそう思うばかりで、その人と話そうとも思わないし、ぼくんちのお母さんが、お母さんでないなんて、ミジンも思うことはありませんでした。不思議な考え方です。やっぱり、子供《こども》のせいだったのかも知れません。この世《よ》のことを、何一つ知らないもので、何事《なにごと》でも考えれば、わからないことばかりだったのです。今から七十五年も遠い昔《むかし》のことです。

それにしても、そんな根《ね》も葉《は》もない空想《くうそう》をこうして永《なが》い間覚《おぼ》えているのも不思議です。

《「びわの実学校」六十号より》

＊1　出村……本村からわかれた飛び地などにある村。分村。

昔《むかし》の子供《こども》

スズメという鳥を知っていますか。日本人であれば、これを知らない人はないでしょう。しかし、その、日本人であれば、だれ一人《ひとり》、知らない人はないという、そのスズメが近ごろずいぶん少なくなりました。私《わたし》の小さい時なんか、秋になると、村の田圃《たんぼ》のイネの上を、それこそ、何百というスズメが、いや何千かもしれません、飛行機《ひこうき》のような、大変《たいへん》な音を立てて、あっち、こっちと渡《わた》っていったものでした。それが今ごろどうなのでしょうか。私《わたし》は東《とう》京《きょう》に住《す》んでから、もう六十年にもなりそうなので、イナカのことは知りません。都会《とかい》のスズメは、まるで活気がなくて、そうです、二、三羽《ば》か、五、六羽《わ》、裏町《うらまち》の道の上か、屋敷町《やしきまち》の屋根《やね》の上なんかで、鳴きもせずにヒッソリ、羽《はね》の音も立てないで、歩きまわっておるようです。

しかし、昔《むかし》のスズメは元気でした。カッパツでした。たとえば、日曜の朝など、ついネボウをしていると、それこそ、近くの屋根《やね》で、五羽《わ》も六羽も、いや、十も二十も、チャアチク、チャアチク、ねておられぬほど、しゃべりまくりました。いいや、しゃべりまくるどころではありません。スモウをとっていたようです。私《わたし》は六年生だったでしょうか。日曜の朝、あんまりスズメがやかましいもので、ネドコで大声でどなりました。

「こら、スズメ、やかましいぞう——」

すると、茶の間の方で、中学生の声がしました。

「こら、六年生、やかましいぞう。いつまでねてるんだ。もう起《お》きないか、起きないか」

兄さんの声だったのです。それでも私は、ネドコの中にもぐりこんで、

「ムニャ、ムナ、ムニャムナ」

なんて言っていました。すると、中学の兄さんが、

「おお、そうだ。今日《きょう》はあれだった。ウカウカ、ねてなどおられない。どうだい、いますぐ起きないか。起きないと、今晩《こんばん》、うちで食べるはずになっているウナギを、六年生だけには

食べさせてやらないぞ」

これにはおどろきました。

「なんで、ボクだけにウナギをくれないんだ」

「それは、起《お》きないからだ」

「起きなけりゃ、ウナギをくれないのか」

「そうだよ。今日《きょう》がなんの日か、知らないんだろう。知ったら、ウナギどころでないはずだ。すぐとび起きて、そうだ。顔も洗《あら》わず、朝メシを食べ、すぐシリカラゲで、うちをとび出す。あとは言えない。パッパッパアのパア――」

これを聞くと、私《わたし》は考えこみました。

「すぐとび起きて、朝メシを食べ、すぐシリカラゲ、うちをとび出す」

そう言ってみて、兄さんにききました。

「うちをとび出して、どうするの」

「それは言えない。アッパッパアのパア」

「さてなあ――」

私《わたし》は考えこんだのですが、つまり、今日はなんの日か。そこに問題《もんだい》があるとわかりました。

「そうだ。今日《きょう》は川干《かわひ》だった」

村の川の水が一晩《ばん》のうちになくなってしまう日なのです。

そうとわかると、全《まった》く、ねてなどいられません。パッと起《お》きて、顔を洗《あら》い、ごはんを食べ、すぐもう、アミをもって、外へとび出して行きました。川の水がなくなるというと、田圃《たんぼ》の水口《みずぐち》を切って、そこへアミをうけなくてはなりません。すると、水といっしょに落《お》ちてくるサカナが、そこにうけてあるアミの中に、みんな入ってしまいます。それこそ、一反《*1たん》、二反、三反なんていう広い田圃《たんぼ》に、春から入って、エサを食べ、それこそ養魚場《ようぎょじょう》のように、ラクラクと養《やしな》われてきたフナが、その落とし水といっしょに、ゾウ、ゾウ、ゾウと落ちてくるのです。そして、水口に待《ま》ちうけてあるアミの中に、ズウ——と入ってしまうのでした。春から、その田圃に半年近く入っていた大フナ、これを田鮒《たぶな》というのですが、それが一ピキ残《のこ》らず、水口にうけられたアミの中に入っていくのです。

田植《たう》えといって、田圃にイネをうえるのは、五、六月ごろ、梅雨《つゆ》のころと思います。そして、これを刈《か》りとるのは十月、秋のお祭《まつ》りの後です。その間、五、六か月です。今ごろ、村のお祭《まつ》りはどのように行われているか知りませんが、私《わたし》の幼《おさな》いころは、親類《しんるい》のだれだれをよんで、一晩《ばん》泊《と》まってもらって、ご馳走《ちそう》をしました。私の家なんか、岡山《おかやま》に二軒《けん》、私の家からお嫁《よめ》さんに行った小母《おば》さんがあって、そこから何人もの、同じくらいの子供《こども》たちが、泊まりがけでやって来ました。こちらからも、お祭りと、お正月なんかには、お客《きゃく》さまになって行きました。こうして、親しいつきあいができました。

今ごろ、この親類の交際《こうさい》というものは、どんなことになっているのでしょうか。明治《めいじ》の昔《むかし》の農村《のうそん》の生活を思い出して、スケッチしてみました。六十年も、七十年も昔のことです。

《「びわの実学校」七十号より》

＊1　一反……田畑の面積の単位。一反は約一〇アール。

門のはなし

一

クニの、私《わたし》が生まれた家には、門がありました。門は然《しか》しどこにでもあって、そんなことを、ここに書くとおかしいくらいです。その門、ヒルは格子戸《こうしど》がたっており、夜は板戸《いたど》がしまっております。何のふしぎもありません。それに、カワラの乗《の》っかっている屋根《やね》がありま す。これもふしぎはありません。つまり、ここに改《あらた》めて書くことはないのです。それが、ホントウをいうと、一つだけあるのです。

八十二年の昔《むかし》のことです。私が五つか、六つのことだったと思います。私はそこ、その門を、舟《ふね》に乗《の》って通りぬけました。どうしてでしょう。門を通るのは誰《だれ》でも、足で歩いて通ります。川でない、海でもない、そうです、池でもないところを、どうして、舟に乗って通ったのでしょう。舟というものは、水の上を行くものです。そんな、屋根《やね》や、格子戸《こうしど》があるからといって、水のないところを、舟が行くはずがありません。舟の行けないところを、ナゼ私《わたし》は舟に乗って通ったのでしょう。人が舟をかついだのでしょうか。それとも大水が出て、そこが水につかっていたのでしょうか。

そうなんです。明治《めいじ》二十八年でしょうか。それとも、明治二十九年でしょうか。岡山市《おかやまし》の西側《にしがわ》を流《なが》れている旭川《あさひがわ》という大川が、その夏のことです。大雨が何日も何日も降《ふ》りつづいたもので、ついに、岡山の西北のところで、堤防《ていぼう》が切れました。旭川というのは、大きな川なんです。岡山から北の方、そうです、百キロもあるところの、山々から流れ出ている川なんです。だから、その水となると、それこそ、どのくらい沢山《たくさん》あるか、量《はか》り知れません。それが、その日、つつみが切れたのです。そして川にあふれていた水が、ドッと、町へ流れ出したのです。そこは、岡山の西側になっていました。

岡山というのは、町なんですが、西側は直《す》ぐもう村になっていて、その辺《へん》は広々とした田圃《たんぼ》でした。そこへ、その大川ありたけの水がドッと流《なが》れ出しました。その頃私《ころわたし》は家の二階《かい》で、窓《まど》から北の方を眺《なが》めていました。眺めていたというより見張《みは》っていたのです。

「ここから、あっちを見ていなさい。大水になると、ムコウの山のところに、水がドッとおしよせるからね。去年《きょねん》の大水の時もそうだった。今年《ことし》もキットそうなるから。そうしたら、お母さんを呼《よ》びなさい」

お母さんにそういわれて、私は二階の窓から、もう一心に、北の方を見つめていました。そこはミカドというトナリ村で、街道《かいどう》になっていました。お寺のある丘《おか》の下なのです。どれくらい経《た》ったでしょうか。またたきもせずに見つめているのに、洪水《こうずい》はやって来ません。街道を一人二人《ひとりふたり》三人と、人が歩いて行くのが見えるばかりです。私は階段《かいだん》をドサドサ、駆《か》けるように降《お》りて、

「お母さん、大水、なかなかやって来ないよう」

お母さんに呼《よ》びかけました。

「やって来ない方がいいんですよ。やって来た時、教えて頂戴《ちょうだい》。お母さんは、大水の来る前に、フトンや着物《きもの》や、ぬれると困《こま》るものを片《かた》づけてるんだからね」

お母さんにそういわれて、私《わたし》はまた直《す》ぐ、二階《かい》へ登《のぼ》って、窓《まど》の見張《みは》りをつづけました。然《しか》し洪水《こうずい》はやはりやって来ません。やって来ません。そこで、

「やって来ません。やって来ません。母さん、大水やって来ません」

歌をうたうように、そう調子《ちょうし》をつけていいました。

「いつ迄《まで》たっても、やって来ません。やって来ない方がいいんです」

そういってる時です。ジャン、ジャン、ジャン、半鐘《はんしょう》の音が聞こえて来ました。そして近くの工場の汽笛《きてき》がポー、ボーと鳴り出しました。

「あれえーっ」

大きな声を出して、お母さんが二階に上がって来ました。

「来た。来た。大水がもう、妙林寺《みょうりんじ》のところに来てるんだよ。ここへ来るの、もう直ぐですよ。ね、見なさい。赤いドロ水が、ズンズン、こっちへ広がってやって来てるでしょう。ね、一すじ白波《しらなみ》を立てて――」

洪水のやって来るのを眺《なが》め乍《なが》ら、私には、それがそれほど恐《こわ》いものに思われませんでした。それより、ゴンゴン、鳴りつづく、半鐘の音の方が、ものものしく、危険《きけん》の迫《せま》ってくる感《かん》じ

がしました。それから一日、私《わたし》はどうしたか、覚《おぼ》えておりません。そしてその翌日《よくじつ》、小さい舟《ふね》が玄関《げんかん》につきました。これは私たちの村にある四つか、五つの小舟《こぶね》でした。これに米をつんだり、麦をつんだりして、村の農家《のうか》の人が岡山《おかやま》の町へ運《はこ》びました。そして町からは肥料《ひりょう》をつんで、村へ持《も》って来ました。その頃《ころ》の、私たちの村へは、鉄道《てつどう》の岡山駅《おかやまえき》から荷車《にぐるま》や人力車が通って来られる道が一本ありました。然《しか》しそれがすれちがうことが出来ない、何とも不便《ふべん》な道でした。だから、村に、舟はあるのに、荷車はありませんでした。何ぶん、明治《めいじ》の昔《むかし》で、自動車《じどうしゃ》なんてものは、まだこの世《よ》に発明《はつめい》されたばかりで、日本にはまだなかった頃《ころ》の話です。

それで、私たちはどうなったでしょう。洪水《こうずい》から、どのようにして、のがれましたか。

「おーい、迎《むか》えに来たぞう」

玄関で大きな声がしました。お父さんの声です。

「はーい、今、行きまーす」

これは、お母さんの声です。

どんなにして、その玄関から舟に乗《の》ったか。私は覚えておりません。然し、舟に乗った人は、お母さんと私と、それから姉さんと、あと二人《ふたり》、近所《きんじょ》の人で、私と姉さんのお友達《ともだち》でした。ところで、その時、今も私《わたし》の心にハッキリ思い浮《う》かぶありさまがあるのですが、それは舟《ふね》が、門の格子戸《こうしど》のところをくぐって、外に出たトタン、私が門の方をふり向《む》くと、何と、門の戸のしまるところ、それは戸袋《とぶくろ》というのですが、その戸袋の外側《そとがわ》の壁《かべ》です。それは右と左と二つありますが、その両方に、何とビッシリ、せり合うようにして、虫がとまっていました。

「へえ——、大セミだ」

私は感心《かんしん》して、それを見つめました。

「アゲハの蝶《ちょう》よ」

姉さんがいいました。

「トンボだ。ヤンマだよ」

私がいうと、お父さんがいうのでした。

「トンボどころか、命《いのち》が危《あぶ》ないんだぞ」

とにかく、まわりは見渡《みわた》す限《かぎ》りのドロ海でした。ドロ海でしたけれど、この四、五日降《ふ》りつづいた大雨も、その日はやんでいました。また激《はげ》しく吹《ふ》いていた風も止まっていました。

ドロ水ばかりが、ところどころ、渦《うず》をまいて流《なが》れていました。お寺の妙林寺《みょうりんじ》につくと、本堂《ほんどう》の大広間にとおされました。そこには、もう、隅《すみ》の方に村の人が沢山集《たくさんあつ》まっていました。私《わたし》の友達《ともだち》も沢山いましたが、みんな、おとなしく、片隅《かたすみ》に座《すわ》っていました。私たちも隅の方に座りましたが、座ると直《す》ぐ、門の外で見た蝶《ちょう》やトンボやセミが、まるで標本《ひょうほん》のように、おとなしく集まってた話をしました。

「あしたでも帰ったら、おれ、アミでもって、みんな、一匹残《ぴきのこ》らずとってしまう」

私がいうと、姉さんもいいました。

「ふたりで取《と》って、仲《なか》よく分けよう。姉さんは、あのアゲハとヤンマと、セミと、一匹ずつでいいから貰《もら》いますよ。アトはみんな、あんたにあげる」

ここまではいいのですが、その壁《かべ》にとまった蝶やセミやトンボの大群《たいぐん》ですが、とったのか、逃《に》がしたのか、さっぱり記憶《きおく》がありません。姉に聞いても、

「そんなこと、あったようでもあるが、大群の昆虫《こんちゅう》、どうしたことか、覚《おぼ》えがありませんよ」

そういうばかりです。何分、姉としては、八十年も昔《むかし》のことです。無理《むり》はありません。

二

同じ村におばさんが住《す》んでいました。うちの門と百メートルくらいしか間がありません。父の妹で、私《わたし》はよく遊《あそ》びに行きました。父がこの妹を大変可愛《たいへんかわい》がっていたせいでしょうか。この人もよくうちへやって来ました。父の父、私にはおじいさんが、六十くらいで、まだ達《たっ》者《しゃ》だったせいかも知れません。

ある日のこと、そうです、春の日曜日か、なんかです。私は、そのおばさんちへ行って、そこの庭で、一人《ひとり》で、マリ投《な》げをして遊んでいました。ゴムまりなんです。それを空へ投げ上げて、宙《ちゅう》どりするわけです。子供《こども》の頃《ころ》は、そんなカンタンな一人遊びでも、面白《おもしろ》かったようにに思われます。何度《なんど》か、それをやってる時、門をあけて、その庭《にわ》へはいって来た人がありました。見ると、うちのお父さんです。うちのお父さんは、無口《むくち》の人で、こんな時、私のような自分の子に、声をかけません。といったところで、その頃、そうです、明治《めいじ》三十年頃には、おやじたち、とてもいばっていました。だもんで子供の方から、お父さんなんて呼《よ》びかけることは、殆《ほとん》どありません。お父さんとあうと、何か叱《しか》りはしないかと思うばかりです。

その時の私《わたし》もそうでした。

「何だ。お父さんか」

そう思いましたが、知らぬ顔をして、マリを一生ケンメイ、空へ投《な》げ上げました。

「おばさん、いるか」

とでもいえば、

「ええ、います」

そういうところですが、父は何もいいません。そして縁側《えんがわ》から座敷《ざしき》へ上がりました。私はそのまま、父とは無関係《むかんけい》という様子《ようす》で、マリ投げをつづけました。然《しか》しその時、私は思いました。自分は将来《しょうらい》、日本一のマリ投げになる。マリ投げの名人になる。そう思って、一生ケンメイ、マリを投げ上げました。それから、どうでしょう。八十二年たちました。六つの私は八十八になりました。然し日本一のマリ投げには、とうとう成《な》らずじまいで、間もなく、一生も終《お》わりに近いように思われます。然しその時決心《けっしん》した日本一を今に忘《わす》れないでいるところをみますと、よほど固《かた》い決心をしたものと思われます。そうです。それを今に忘れないほどの固い決心をしたのです。だけども、マリ投げの方は忘れて、忘れないのは、決心だけ

になりました。

三

明治《めいじ》三十一年十二月七日というのを、私《わたし》はよく覚《おぼ》えております。その時私はトシが八つで、小学校二年生でした。そしてこの十二月七日に、お父さんがなくなりました。それから後、毎朝、顔を洗《あら》うと、仏壇《ぶつだん》の前へ行って、お父さんの戒名《かいみょう》の書いてある位牌《いはい》というものに、両《りょう》手《て》を合わせて、おじぎをしました。お母さんに、そうするようにいいつけられたのです。その戒名というのは、仏様《ほとけさま》になったお父さんの名前だそうです。きっと、人間が死《し》んで、あの世《よ》へ行くと、名前が新しくなるのかも知れません。何でも、その時、お父さんは、ジケイ院《いん》、何とか信士《しんし》なんていったように思います。むつかしいもので、覚えにくいのです。太郎《たろう》だの、次郎《じろう》だのというのとは違《ちが》います。

ところで、一月《ひとつき》ばかりたった時、お母さんにききました。

「いつ迄《まで》、こうやって、お父さんにあいさつするの」

「いつ迄《まで》といって、そんなキゲンなんか、ありませんよ。あなたのお父さんですもの。毎朝おはようをいうの、あたり前でしょう」

「いやだなあ。お父さんが、目の前にいるのなら、それは恐《こわ》いから、おはようでも、今日《こんにち》はでもいうけれど、仏壇《ぶつだん》のおイハイだもの。あの世のお父さんに通じっこないよ」

私《わたし》はそんなリクツをいって、あくる日から、その朝のおじぎをやめました。然《しか》しお父さんの、あの葬式《そうしき》の盛大《せいだい》さが、お父さんの妹である、あのおばさんたちの永《なが》い間の自慢《じまん》のタネになりました。それを書いておきます。

「おそうしきの行列《ぎょうれつ》が、村のはずれから、町の入り口までつづきましたよ」

いちばん年長のおばさんがいうと、その妹のおばさんが、

「あの、お棺《かん》をのせた、おみこしは六人でかついでいましたよ。あんなの、お祭《まつ》りの時のみこしのようだった」

次《つぎ》のおばさんは、

「人力車に乗《の》った人が十五人だったそうですよ。私はかぞえなかったけれど、うちの子供《こども》がそういってました」

お坊《ぼう》さんが何人だったという、親類《しんるい》のおばあさんもありました。それからまた、昔《むかし》はハトを何羽《なんわ》も籠《かご》に入れて持《も》って行き、お寺についたところで、それを籠から出して放《はな》してやるようなことをしました。これは動物《どうぶつ》を大切にしてやると、そのむくいがあって、死《し》んだものが、極楽《ごくらく》へ行くと、えらいお坊《ぼう》さんがいったものと思われます。とにかく、大勢《おおぜい》の人と、このような花や鳥に送《おく》られて、お父さんはお寺へ行き、お寺から山のお墓《はか》へ行きました。然《しか》し私《わたし》はどうしましたか。

何と私は、カミシモというものを肩《かた》につけ、ハカマというものを、ズボン代《が》わりにはいて、人力車というものに乗《の》せられて、ソロソロ行列《ぎょうれつ》について行きました。カミシモというものを知っていますか。テレビで見たことがあるでしょう。アサノタクミが、キラコウズケを切る時、着《き》ている、あの両肩《りょうかた》が、つき立っているようなもの、あれがカミシモなんです。お父さんのソウシキの時、私《わたし》は子供《こども》のアサノタクミになったのです。それで、カミシモにハカマで、人力車に乗っていました。然《しか》し恥《は》ずかしくて、恥ずかしくて、どうしていいか、わかりませんでした。とくに、学校の側《そば》を通る時、生徒《せいと》のみんなが、門前《もんぜん》に並《なら》んでいて、お父さんのお棺《かん》におじぎをした時、私はもう下をむいて、一生懸命《いっしょうけんめい》、顔を隠《かく》しました。それでも、ツボタ、ツボタという声が聞こえました。うちに帰った時、私《わたし》はお母さんにいいました。

「お母さん、お母さんは死《し》なないで頂戴《ちょうだい》。今日《きょう》は全《まった》く困《こま》ってしまった。学校の前を通る時、みんなが、ツボタ、ツボタと呼《よ》ぶんだもの。カミシモなんかつけて、まるで、シバイのようだった」

あれから八十何年もたちました。もう昔《むかし》のような葬式《そうしき》はありません。人力車もなくなり、ミコシのような棺《ひつぎ》も、もうありません。死《し》んだものは、ねていればいいのです。そのうち、もしかしたら、人間、死ななくてもいいようになるかも知れません。早くそうなってほしいものです。二、三年のうちに――と思いますが、そうはいかないかも知れません。

《「びわの実学校」八十六号より》

その時

「その時ね――」

そういって、おじいさんは話し出しました。しかし、そういったきりで、おじいさんは黙《だま》ってしまいました。それでも、そのうち次《つぎ》を話してくれるだろうと思って、ボクは待《ま》っていたのです。何分たったでしょうか。一分や二分ではありません。すると、側《そば》にあったキセルをとって、おじいさんは、タバコをつめました。そしてマッチをすって、火をつけました。

スウー、スウー。

音をたてて、おじいさんはタバコをすいました。そのうえ、プウーと、ほおをふくらませて煙《けむり》を吹《ふ》き出しました。まるで、私《わたし》にお話をすることを忘《わす》れているようなのです。そこで、ボクはいったのです。

「おじいさん、お話のつづきは、どうしたの。その時ねっていってから、もう、十分も二十分もたったようよ。その時、どうしたの」

「そうか、そうか。タバコがあまりうまいもんでな。しかしなんの話だった？」

「火の玉の話よ」

「そうか。火の玉の話か。フーン」

そういうと、おじいさんは、またキセルにタバコをつめ、火をつけると、スウーと音をたてて吸《す》いこみました。そして前と同じように、プウーとほおをふくらませて、煙《けむり》を吹《ふ》き出しました。

「またっ」

ボクはそういうと、ヤケに、机《つくえ》の上を手のヒラで叩《たた》きました。

「それで、なんの話だったかな」

同じことを、おじいさんはまたいいました。歳《とし》をとって、おじいさんは、少しどうかなってきたようだと、その時ボクには思われました。

「火の玉の話よ。永原《ながはら》のおじいさんが死《し》んだら、その晩《ばん》、永原さんちの屋根《やね》から、火の玉がとんだという話だよ」
「あ、そうか。わかった。では、その次《つぎ》を話そう」

それから話し出したのが、次のような話です。

あれから何年になるかなあ。三年かな。五年かな。とにかく、この辺田圃《へんたんぼ》のイネ刈《か》りがすんだばかりの時じゃった。夜、寝苦《ねぐる》しくって、なかなか眠《ねむ》れない。十二時頃《ごろ》かな。それとも一時になっていたかな。おじいさんは便所《べんじょ》に行きたくてね、床《とこ》の中でモゾモゾしていた。それというのが、まっくらな夜でね、うちの便所は外便所《そとべんじょ》なもんで、おじいさん、どうも外がキミがわるい。幽霊《ゆうれい》なんか出りゃしないかと、少しおそろしい。こんなに歳《とし》とっていても、幽霊に出られちゃ、平気というわけにいかないからね。だから、便所に行くのが、どうにもタイギ、おっくう。なるべくなれば、そのまま眠りたいと思うんだが、そういかない。こらえておれば、おるほど便所に行きたい。それでね、おじいさん、口のうちで、ナムミョウ、ホウレンゲキョウ。ナムミョウ、ホンレンゲキョウ。と、お経《きょう》をくり返《かえ》し、くり返し、何度《なんど》も何度もやってみたんだが、キキメがない。おじいさん、もう七十にもなってるのに、これはいったい、どうしたことぞ、実《じっ》は少々恥《は》ずかしくさえなってきた。そこで思いきって立ち上がり、雨戸をあけて、お便所《べんじょ》へ行ったのだ。


「するとね、出たんだよ」

「何が出たの」

「火の玉だよ」

「どこから出たの」

「どこからって、フトコロなんかから出りゃしないよ」

「じゃ、お便所から出てきたの」

「まさか」

「じゃ、うちの縁《えん》の下から出てきたの」

「火の玉なんてものは、そんなトコロからなんか、出るものじゃない。それはいつでも屋根《やね》のムネときまってるものなんだ。たいてい、ヒューッと音をたてて、ナナメ一直線に、田圃《たんぼ》の方へ向《む》けて、それこそ鉄砲《てっぽう》ダマのようにとんでいくものなんだ。その時も、その通り、ヒューーッと、大変《たいへん》な勢《いきお》いでとんでった」

「へえ、それで、どこから出て、どこへとんだの」

「それは、永原《ながはら》の屋根《やね》のムネからとびだして、南西の方角だった。そうだ。ちょうどうちの前の田圃の中ほどに落《お》ちた。いや、落ちる前に、スッと消《き》えた」

「どうして」

「どうしてって、その時の火の玉は、永原のおじさんの魂《たましい》だったんだ。永原のおじさんは、その時死《し》んだんだ。それで魂が、おじさんのカラダからとびだして、空中へ消えたというわけだ」

「へえ、それじゃ、人間は誰《だれ》でも、死ぬ時は、その魂が火の玉になって、ヒューーッと音をたてててとんでいくの」

「そうだよ」

「おじいさんも、ボクも、そうなるの」

「そうさ」

「困《こま》ったね。その火の玉、からだから逃《に》げないように、とっちめておくわけにいかないものかね」

「どうも、そういかないらしい」

「へえー、そういかないとすれば、人間はどうなるの。歳《とし》をとれば、死《し》ぬるばかりじゃないの」

「そうなんじゃ。歳をとれば人間は死ぬるばかりじゃ」

「どうかならないの」

「どうにもならないよ」

「ふーん」

それでボクは何度《なんど》も首をかしげて考えてみました。

「しかし、おじいちゃん、その火の玉が人間のカラダから逃《に》げ出そうとするところをさ、アミかなにかで、すくいとってさ、またその人のカラダの中へ入れもどしたら、どうだろう。そしてもう、それが外に出ないように、アミを持《も》って、みんなで番をしてるのさ」

「はてなあ。そういうことができるものか、どうか。できることなら、人間というものは賢《かしこ》いものだから、やらないでおくハズはないと思うんだけど。やらないところをみると、きっとやれないのじゃないかね。つまり、人間の力では、魂《たましい》が、火の玉になって、消《き》えていくのを、どうすることもできないんだね」

それから何年たったでしょう。私《わたし》は中学生になっていました。三年生くらいでしょうか。夏休みになるチョット前のことです。その頃《ころ》、東京《とうきょう》の学校に行っていたオバサンが、病気だという電報《でんぽう》がきたのです。しかも、その病気、大変重《たいへんおも》くて、もう死《し》にそうだというのです。オバサンのうちは、私のうちの直《す》ぐ北側《きたがわ》にありました。もっとも、北といっても、間に田圃《たんぼ》が一枚《まい》あったもので、百メートルくらい離《はな》れていました。

その時、夜の九時頃《ごろ》だったでしょうか。私はうちの北窓《きたまど》をあけて、そのオバサンの家の方を見ていました。その晩《ばん》、月はなくて、空いっぱいの星が、キラキラ、キラキラ光っていました。外は闇夜《やみよ》だったのです。それでもオバサンの家は見舞《みま》い客《きゃく》が、次《つぎ》から次と出入りするらしく、門の戸の開けたり、しめたりする音が、ひっきりなしに聞こえていました。そんな時、うちの姉さんが、そこへやってきました。

「オバサンのおぐあい、どうだろうか。さっきも二度目《どめ》の電報《でんぽう》がきたそうだよ」

「何といってきたの」

「急《いそ》いで、誰《だれ》か来てくださいっていう電報だったそうよ。きっと、オバサン心細くなったのよ。それで、オバサンちでは、十時の急行《きゅうこう》で、二人《ふたり》行くことになったそうよ。もう直《す》ぐ行くの」

「大変《たいへん》だなあ」

そう私《わたし》がいった時でした。姉さんが、

「あ、あ、あ、あ」

へんな声を出しました。

「どうしたの。へんな声を出して――」

ぼくがビックリすると、姉さんがいいました。

「いま、本家《ほんけ》の屋根《やね》のムネから、火の玉がとんだのよ。あんた見なかった」

「見なかったよ」

「あれを見なかったの。私《わたし》が、あ、あ、あっていったでしょう」

「それは聞こえたよ」

「その時、むこうを指《ゆび》でさしたでしょう」

「ウン、さしたようだった」

「ようもクソもありませんよ。その指さきのむこうの空を、オバサンちからとびだした火の玉が、スーッととんで、くらい空の上の方に昇《のぼ》っていったのよ。まるで、花火。そう、ハナビそっくりだったのよ。なんで見なかったの。お姉さんが、ちゃーんと指さしてあげたのによ」

「見なかったのじゃないよ。ボクには見えなかったんだ」

「へえー、あれが見えなかったの。あれはね、東京《とうきょう》でいまキトクのオバサンの魂《たましい》なのよ。人魂《ひとだま》というの。それが天へ昇ったのよ。つまりオバサンは天へ昇ってしまわれたの」

「それじゃ、オバサンは死《し》んでしまわれたの」

「そうよ」

「おかしいなあ。いま、あれだよ。こっちから、二人《ふたり》で、オバサンの看病《かんびょう》に行こうといって、大騒《おおさわ》ぎしているところなんだよ。その時、オバサンは、もう死《し》んでしまって、その魂《たましい》が、クニのここの屋根《やね》ムネからヒューッととんで出て、空の上の方へ昇《のぼ》っていってしまったというんだよ。それでいいのか知らん。なにかわからないところがあるように、ボクには思われるよ」

こういうと、姉さんはいいました。

「あんたになんと思われようと、姉さん、どうしようもないわ。しかし、あすになったら解《わか》ります。それとも、今晩《こんばん》のうちに電報《でんぽう》がくるかも知れないよ。千里《チサト》十時に死《シ》す。きっと、そういってくるよ」

「へえ、なんといわれても、ボクには解らない。オバサンは東京《とうきょう》で死んだんですよ。それなのに、火の玉は、ここ岡山《おかやま》で出てきたんですよ。どうして岡山で出たんだろうね。ボクには解りません」

「あすになれば解りますよ。お姉さん、そんなことの説明《せつめい》はできません。しかし、いってきます。オバサンはいまの時間、きっと、東京で死にました」

「へえー、そうかなあ。ボクには解らないことばかりです」

《昭和四十九年五月》

歌のじょうずなカメ

むかし、むかし、あるところに、兄と弟が住《す》んでおりました。おとうさんがなくなりますと、兄は欲《よく》っぱりなもんで、家のお金や、道具《どうぐ》などみんな持《も》って、出て行ってしまいました。

しかし、弟のほうは親孝行《おやこうこう》でしたから、ひとり家に残《のこ》って、おかあさんを大切にして、くらしました。大切にするといっても、お金がありません。毎日、山へ行っては枯《か》れ枝《えだ》を集《あつ》め、それを町へかついで行っては、

「ボヤやあ、ボヤ、ボヤはいりませんかあ。」

と売って歩きました。それで、もうかったわずかなお金で、お米を買ったり、おかあさんの好《す》きなお菜《さい》を買ったりして、くらしていました。

ところが、ある日のことです。足もとからチョロチョロと、小さいカメが出て来ました。カメは出て来ると、甲《こう》から首をつきだして、弟を見あげました。弟は、小さいかわいいカメだと思って、ついにっこりしました。すると、そのカメが人間のことばで話しかけました。

「もしもし、あなたはほんとうに、感心《かんしん》な人なんですね。そうして、一生けんめい働《はたら》いて、おかあさんにたいへん孝行《こうこう》をなさるそうですね。そこでわたしが、いいことを教えてあげます。ひとつやってみる気はありませんか。」

弟はカメのことばにびっくりしましたが、しかし、いいことを教えてくれるというので、カメの頭の前にしゃがみこみました。そして、

「なんだってカメくん、いいことを教えてくれるって――」

そういいますと、

「そうです。たくさんお金のもうかることを教えてあげます。」

カメがそういいました。それで弟が、

「ほう、お金のもうかることをかい。」

ふしぎに思って、そういいますと、

「いや、なんでもないんです。わたしはカメでも、ほんとうは、これでなかなか歌がうまいんですよ。聞いてごらんなさい。これから、ちょっと歌ってみますから。」

カメはこんなことをいいました。

そういって、弟は、これはいよいよふしぎなカメだと思って、見ておりました。

「へ、へえ。」

カメは、

「え、へん。」

そんなことをいってから、カメの歌というのをうたいだしました。カメの歌というのは、しかし、どんな歌でしょう。わたしに、この話をしてくれた人も、それがどんな歌だったか、もう忘《わす》れてしまったというのですが、もし山の林の中なんかで、みなさんのうちだれでも、ものいうカメを見つけたら、このカメの歌というのを聞いてごらんなさい。きっと、おもしろい、にこにこせずにはおられないほど、いい歌なのにちがいありません。

で、弟は、カメがそのカメの歌をうたってしまうと、とても感心《かんしん》して、

「うまいうまい、じょうずじょうず。ふしもいいし、声もいいしなあ。」

首をかしげかしげ、そういいました。と、カメがいうのでした。

「ね、おもしろいでしょう。で、ぼくを町へつれてってね、人通りの多い町かどなんかで、今のように歌をうたわしてごらんなさい。ボヤなんかを売るより、きっとたくさんのお金が、もうかりますよ。それで、あなたの大切なおかあさんに、もっともっと孝行《こうこう》してあげなさい。」

これを聞くと、弟は喜《よろこ》びました。

「そうだねえ。じゃ、ひとつそうしてみようか。これからしだいに寒《さむ》くなるので、おかあさんにきものも買ってあげたいし、ふとんもつくってあげたいんでねえ。」

すると、カメはつき立てた首を、こっくりしいしい、いいました。

「そうですか、そうですか。じゃ、すぐ、そうしましょうよ。ぼくは、まだほかにいくつでも、歌を知ってるんですよ。ウサギの歌、キツネの歌、それからウグイスや、カッコウや、ホトトギスの鳴くまねなんかもできるんですよ。」

そして、カメは、ホウホケキョウ、カッコウ、カッコウと鳴くまねをして聞かせました。

さて、そのあくる日のことです。弟はいつものように、ボヤをかついで、町へ売りに出かけましたが、そのボヤの上に、ちょこんとときのうのカメを乗《の》せて行きました。で、「ボヤや、ボヤや。」と、その枯《か》れ枝《えだ》を売ってしまうと、カメのいったとおりに、にぎやかな町かどにやってきました。そこで手のひらにカメを乗せて、大きな声でよびました。

「みなさん、ちょっと聞いてください。これからこのわたしの手のひらに乗っているカメが、おもしろい歌をうたいます。しかも人間の声でうたいます。ふしもおもしろければ、声もいいのですよ。」

そういうかいわないうちに、そこはとても人通りの多いところでしたから、もう何十人という人がそこをとりかこみました。そして口々にいいました。

「ほんとでしょうか、カメがうたうなんて。」

「しかし、ふしぎなことですねえ。」

けれども、よくいいおわらぬうちに、まったくふしぎなことに、カメは始《はじ》めました。弟の手のひらの上で、大きな口をあけて、声はりあげてうたうのでした。カメの歌、ウサギの歌、キツネの歌、それからいろいろの鳥や、けだものの鳴き声のまね。ついに人間の子どもの泣《な》きまねをしたときには、みんながどっと大笑《おおわら》いをしました。そして、それがおわると、だん

だん数をまして、そのときは何百人という人たちが、まわりをとりまいていましたが、

「まったくふしぎなカメだ。まったくかしこいカメだ。こんなカメは、世界《せかい》じゅうどこをさがしてもいないだろう。」

そういわない者《もの》はないくらいでした。それで、中のひとりが、いくらかのお金をだして、

「さあ、歌のお礼《れい》だ。」

そういって、弟の前へつきだしました。すると、みんなも、

「そうだ、こんなふしぎなカメの歌を、ただで聞いてはすみません。」

と、つぎからつぎへと、お金を持《も》ってきてくれました。弟は思わぬお金もうけをして、大《おお》喜《よろこ》びでうちに帰ってきました。そしておかあさんとふたりで、また大喜びしました。いいえ、カメもいっしょに喜んだのです。それからあとは、たびたび町へ行き、ほうぼうの町かどで、カメに歌をうたわせました。そのたびにたくさんのお金が集《あつ》まり、まもなく、たいへんなお金持《かねもち》になりました。それで、おかあさんに、おいしいものをたくさん食べさせてあげるのはもとより、りっぱな家を建《た》てたり、美しい道具《どうぐ》や、あたたかいきものなどいくつも買ってあげました。

ところで欲《よく》っぱりのにいさん、これを知ると、びっくりしてやってきました。

「弟、弟、おまえは近ごろずいぶんお金持《かねもち》になったようだが、いったいなんでそんなにお金をもうけたんだ。」

それで弟は、正直《しょうじき》にその歌をうたうカメの話をしました。すると兄は、それがうらやましくてならなくなり、

「どうだい弟、ちょっとでいいから、そのカメをおれに貸《か》してくれないか。おれもそんなにお金をもうけてみたいよ。」

そういうと、弟の返事《へんじ》も聞かないで、大いそぎでカメをつかまえ、かけだして行きました。

兄は、それから町へ行き、弟のやったとおりに、

「うたうカメ、歌のじょうずなカメ。カメに歌をうたわしておめにかけます。」

そんなことをいって、人を集《あつ》めました。そして、

「さあ、カメ、歌をうたいなさい。歌をうたって、みなさんからどっさりお金をもらっておくれ。」

そういってせきたてました。ところが、カメは、うんとも、すんともいわないのです。兄

は気が気でなく、そらうたえ、やれうたえとせきたてましたが、カメはいつまでたっても、なにもいいません。それで見物人はしだいにさわぎはじめ、

「こいつ、にせ者《もの》なんだな。うたいもしないカメを持《も》ってきて、おれたちをだましてお金を取《と》ろうとしていやがる。なんともかんとも、ひどいやろうだ。」

そんなことをいって、とうとう兄をさんざんなめにあわせました。なんといわれてもしかたなく、兄はすごすごとうちに帰ってきました。帰ると、すぐそのカメを殺《ころ》してしまいました。

弟は、いつまで待《ま》っても、兄がカメを返《かえ》してくれないので、どうしたことかと心配《しんぱい》して行ってみました。すると、カメは死《し》んでいるのです。弟は、涙《なみだ》を流《なが》して悲《かな》しみましたが、しかし、もうしかたがありません。それでそのカメをもらってきて、家のそばにうめました。そして、そのうめたところに、一本の小さな木を植《う》えました。

ところで、そのあくる日のことです。そこへ行ってみますと、その小さな木が、大きな、天にとどくような大木《たいぼく》になっていました。

びっくりしてそれを見ていますと、上のほうから何かぴかぴか光るものをくわえて、行列《ぎょうれつ》

しておりてくるものがあります。近よったのを見ますと、それは何十何百の小さなカメだったのです。みんな口に金のかたまりをくわえておりました。そしてまもなく弟の手のとどくところへ先頭のカメがやってきました。弟が手の上に乗《の》せてやろうと、手のひらをさしだしますと、カメは手のひらには乗らないで、そこへ、金のかたまりをぽとりと落《お》とし、すぐ向《む》きを変《か》えて、木の上のほうへのぼりはじめました。一ぴきがそうすると、あとからきたカメもつぎからつぎへそうして、やがてみな木の上のほうへどこともなくのぼって行ってしまいました。それでまた弟はいっそうたいへんなお金持《かねもち》になりました。

この話を聞くと、にいさんがまたやってきました。そしてその大木《たいぼく》の枝《えだ》を一本切って行き、自分の家の庭《にわ》にさしました。あくる日になってみると、それがやはり天にとどくような大木になっていました。これはうまい。きっとカメが金をくわえておりてくるだろうと、欲《よく》っぱりのにいさんですから、そう思って、上を見あげておりました。と、まもなく小ガメが行列《ぎょうれつ》をしておりて来ましたが、小ガメの行列は、兄の手のとどかない上のほうでとまって、まるで人をバカにしたように、しばらく首をふったり、手を動《うご》かしたりしていました。それからすぐくるりと向きをかえ、大いそぎで上にひきかえして行ってしまいました。これを見た兄は、たいへん腹《はら》をたて、カメを追《お》うて登《のぼ》りはじめました。ずいぶん上に行ったところで、一本の枝《えだ》に手をかけますと、その枝が思いがけなく、ぽきんと、折《お》れてしまいました。それと同時に、兄はまるで石のように下に落《お》ちて来ました。そしてたいへんな大けがをしました。欲《よく》っぱりをしてはいけないという話です。めでたし、めでたし。

だんご浄土《じょうど》

むかし、むかし、あるところに、おじいさんとおばあさんが住《す》んでおりました。春のお彼《ひ》岸《がん》のこと、彼岸だんごというのをこしらえておりました。ところが、一つのだんごが、庭《にわ》に落《お》ちて、土の上をころころころがっていきました。

おどろいたおじいさんが、そのあとを追《お》っかけて行きますと、生きているようにころがって、なかなかつかまりません。それで、

「だんご、だんご、どこまでころぶ。」

と、おじいさんがいいました。

そうすると、そのだんごは、

「お地蔵《じぞう》さんの穴《あな》までころぶ。」

そういって、とうとう一つの穴の中にころげこんでしまいました。すると穴の底《そこ》は広くて、そこにお地蔵さんが立っていました。そのお地蔵さんの前で、おじいさんは、やっとだんごをつかまえました。

「やれやれ、やっとつかまえた。」

そういって、おじいさんは、そのだんごを目の前に持《も》ってきて見ましたが、べつに変《か》わっただんごでもありません。それで土のついていないところを割《わ》って、お地蔵さんにおそなえしました。そして、

「お地蔵さん、半分ですみませんが、だんごをあがってください。」

そういって、残《のこ》った、土のついたほうは、自分で食べました。それからお地蔵さんにおじぎをして、帰ろうといたしますと、

「じいさん、じいさん。」

と、お地蔵さんによびとめられました。

「おれのひざの上にあがりなさい。」

お地蔵《じぞう》さんはいうのです。

「どういたしまして、お地蔵さん、それは、もったいなくて、あがれません。」

おじいさんがいいました。

「よいから、よいから、えんりょせずにあがりなさい。」

お地蔵さんに強くいわれて、おじいさんはなんのことかわからず、

「はいはい、さようでございますか。それではごめんくださいませ。」

そういって、こわごわひざにあがりました。すると、お地蔵さんが、

「こんどは肩《かた》にあがりなさい。」

といいました。

これを聞いて、おじいさんは、もうびっくりしてしまいました。

「なにをおっしゃいます。お地蔵さん。ここまでやっとあがりましたのに――」

そういいますと、

「いやいや、えんりょはあとでよい。とにもかくにもあがりなさい。」

またお地蔵さんにせきたてられ、おじいさんはそろそろ肩にのぼりました。

すると、また、お地蔵《じぞう》さんは、

「それから頭にのぼって行くんだ。」

というのでした。

「へ、へ、どうして、お地蔵さんはむりなことをおっしゃいます。おそれおおくて、もうこのうえは。」

おじいさんは、またまた、えんりょをいたしました。しかし、お地蔵さんがどうしてもききませんので、それではと、思いきってお地蔵さんの頭の上にのぼりました。

すると、お地蔵さんは一本の扇《おうぎ》をだして、

「今夜《こんや》、ここに鬼《おに》がきて、酒盛《さかも》りを始《はじ》めるからな。よいころを見はからって、この扇をたたいて、ニワトリの鳴くまねをしなさい。」

そう教えてくれました。

すると、それからしばらくして、ぞろぞろガヤガヤと、たくさんの鬼どもがやってきました。そして、車座《くるまざ》にならんで、酒《さけ》を飲《の》みました。

酔《よ》うと、すぐ、大さわぎを始めました。そこでよいかげんのころを見はからって、おじい

さんは、お地蔵《じぞう》さんに教えられたとおり、バタバタと扇《おうぎ》をたたきました。これはニワトリが羽《はね》を打《う》つまねなのです。それから、

「コッケコーコー。」

とやりました。これを聞くと、鬼《おに》どもは、

「それ、もう夜が明ける。」

と、大あわてにあわてて、そこへ持《も》ってきていたお金や、宝物《たからもの》や、お酒《さけ》や、ごちそうや、みんなすてておいて、逃《に》げて行ってしまいました。おじいさんは、そのありさまをながめながら、お地蔵さんの頭の上で、あっけにとられておりました。

するとお地蔵さんが、

「そら、じいさん、鬼の残《のこ》して行ったお金や、お宝や、お酒や、ごちそうは、みんなおまえにあげるから、えんりょなしに持《も》って行きなさい。」

そういうのでありました。

「はい、はい。」

そうはいったものの、おじいさんはおそろしかったり、えんりょだったりして、大いそぎ

で、頭の上からおりたまま、そこに立って、もじもじしておりました。すると、お地蔵《じぞう》さんがまた、心配《しんぱい》ない、持《も》って行け、持って行けと、強くいうものですから、

「それでは、あいすみませんが、いただいてまいります。」

そういって、お金やお宝物《たからもの》など、たくさん持って帰ってきました。

もう朝になっていましたが、家ではおばあさんが、ころがっただんごを追《お》っかけて行って、いつまでも帰らないおじいさんを心配して待《ま》っていました。そこへ、そんなおみやげを持って帰ってきたものですから、まあまあと、びっくりするやら喜《よろこ》ぶやら、ふたりは、それを座《ざ》敷《しき》にひろげてながめていました。ところが、そこへちょうど、となりのおばあさんが遊《あそ》びにきました。そして、そのふたりがひろげているものを見て、おどろきました。

「まあ、どこから、そんなにたくさんのお宝を、もうけてきたのです。」

となりのおばあさんはいうのです。それで、おじいさんは、きのうからあったことを、そっくり話しました。

すると、となりのおばあさんは、

「それでは、うちのおじいさんも地蔵さんの穴《あな》へやりましょう。」

そういって、いそいで家に帰り、おじいさんといっしょに、だんごをつくりました。そして一つを、

「それ、ころべい。」

と、庭《にわ》に落《お》としてやりました。しかし、ちっともころばないので、そのおじいさんは、だんごを足でけって、むりやり穴《あな》の中にけこみました。それから自分も、のこのことはいって行きました。

お地蔵《じぞう》さんの前へ行って、見るとだんごが土まみれになってころがっていました。きれいなところを自分で食べ、土のところを、お地蔵さんにそなえました。そうして、なんともいわないのに、さっさと、お地蔵さんの頭のてっぺんにのぼり、だまって扇《おうぎ》を取《と》って、待《ま》っていました。

鬼《おに》はやっぱりやってきて、酒盛《さかも》りを始《はじ》めました。そこでころあいを見て、パタパタと扇《おうぎ》をたたき、コッケコーコーとやりました。鬼どもは、いやに夜明けが早いなあ、などといいながら、あわてて逃《に》げて行きました。

しかし、そのとき、一ぴきの小鬼《こおに》が、いろりのかぎに鼻《はな》をひっかけ、

「やあれ待《ま》ちろや鬼《おに》どもら、
かぎさ鼻《はな》あ、ひっかけた。」

と、わめいたので、おじいさんは、思わず、くすくすと、笑《わら》いました。

これを聞くと、鬼どもは、それ人間の声がしたと、ほうぼうさがしまわって、とうとうお地蔵《じぞう》さんの頭の上の、となりのおじいさんを見つけだしてしまいました。そして、そこからおじいさんを引きずりおろし、とてもひどいめにあわせました。

鬼が残《のこ》していく宝物《たからもの》を拾《ひろ》うかわりに、やっと自分の命《いのち》を拾って、帰ってきました。あんまり人まねをするものではないというお話であります。

天狗《てんぐ》のかくれみの

　むかし、むかし、あるところに、知恵《ちえ》の彦市《ひこいち》という、たいへんりこうな男がありました。奥山《おくやま》に天狗《てんぐ》というものが住《す》んでいて、かくれみのというものを持《も》っていると聞きました。それを着《き》ると、だれでも自分のすがたを消《け》すことができるという、世《よ》にもふしぎなみのだったのです。これを聞いて、彦市さんはそのみのがほしくてたまらなくなりました。それである日のこと、一メートルもある竹筒《たけづつ》を持《も》って、その奥山へのぼって行きました。てっぺんへのぼりつくと、その竹筒を遠めがねのようにして、四方八方をながめまわしました。そして、大声でわめきたてました。

「やあー、おもしろい、おもしろい。江戸《えど》は大火事《おおかじ》、薩摩《さつま》はいくさ。」

すると、ワサワサとつばさの音がして、そばにある高い木に、何か大きな鳥のようなものが来てとまりました。

「ハハア、天狗《てんぐ》がやってきたな。」

そう思いましたが、やはり、気づかないようなふりをして、あいかわらず竹筒《たけづつ》をのぞきながら、

「江戸《えど》は大火事《おおかじ》、薩摩《さつま》はいくさ、やあー、おもしろい、おもしろい。」

と、くりかえしておりました。すると、その天狗がバタバタッとその枝《えだ》の上からおりてきました。彦市《ひこいち》さんの前に立ったのです。これが話に聞いたあのカラス天狗というのでしょう。口がカラスの口ばしのようにとがっております。背中《せなか》にはそれこそワシのつばさのような、大きな羽《はね》をつけております。手には、これがかくれみのでしょうか、古いきたないみのを一つさげていました。それが彦市さんの前に立って、彦市さんのその竹筒を、いかにもふしぎそうにじっと見ておりました。彦市さんはここぞとばかり、竹筒をふりまわし、西や東をいそがしくながめまわし、さもおもしろくてたまらぬようによびたてました。天狗はその竹筒が、いよいよふしぎでならなくなったとみえ、

「おい、彦市《ひこいち》、それはいったいなんというものだ。」

と、ききました。

「これか、これは千里とおしというものだ。」

彦市がいいますと、

「そんなもので、ほんとうに江戸《えど》や薩摩《さつま》が見えるかい。」

と、ききました。そこで彦市は、

「見えるとも、千里[*1]とおしだもの。やあー、おもしろい、おもしろい。」

そういって、ますますおもしろそうに、はやしたてますと、天狗《てんぐ》はついに手をだして、

「ちょっとおれに貸《か》してみろ。」

そういうようになってきました。

「だめだめ、これは、おれのいちばんだいじな宝《たから》だもの、他人《たにん》になんか、ちょっとでも貸せるもんではない。」

彦市はそういって、その竹筒《たけづつ》を背中《せなか》にかくし、今にも逃《に》げだしそうなようすをみせました。

するとと天狗はいよいよ見たくなったとみえ、

「では彦市《ひこいち》、このおれのかくれみのと、ちょっととっかえてくれないか。」

そういってしまいました。彦市はしめたと思ったのですが、でもまだ、

「どうしまして、そんな、天狗《てんぐ》さんのかくれみのなんかと、かえられるようなものじゃありませんよ。世《よ》にもふしぎな千里とおしだ。世界《せかい》じゅうさがしてもないという宝物《たからもの》なんだ。」

そんなことをいっておりました。すると天狗は、

「しかし彦市、おまえはこのかくれみのを知らないんじゃないか。これだって、これを着《き》れば、着てるもののすがたは、だれからも見えないという宝なんだぞ。天狗こそ持《も》っているが、人間だれひとり持っている者《もの》はあるまい。どうじゃ。」

そういうのでありました。で、彦市は、

「そうですか、では、とにかく、ちょっとだけ、とっかえてみることにしてあげます。」

そういって、天狗のさしだすかくれみのをうけ取《と》りました。そしてすばやくそれを身《み》につけ、かわりに竹筒《たけづつ》を天狗にわたしてやりました。天狗は満足《まんぞく》したように、にっこりして、すぐこれを目にあてて、西や東をのぞいておりました。そのあいだに彦市はかくれみのを着たまま、どんどん山をおりてきてしまいました。

「こら、彦市《ひこいち》、この千里とおしは何も見えやしないじゃないか。」

天狗《てんぐ》がうしろでどなりたてておりましたが、彦市のすがたは、天狗にも見えないのですから、どうすることもできません。

ところで、彦市は山をおりて、町へやってきました。あいかわらず天狗のかくれみのを着《き》たままです。だから、だれにもすがたが見えないのですが、どんなようすか、ほんとうに見えないのか、彦市はためしてみたくてしかたがなくなってきました。それで人のたくさん集《あつ》まっているところへ行き、そばの人の鼻《はな》をちょっとつまんでみました。つまれた人はびっくりして、

「こらっ、だれだ、おれの鼻をつまむのは。」

そう大声にどなりました。彦市はそこで、その人の鼻をはなし、こんどは別《べつ》の人の鼻をちょっとつまんでやりました。その人もびっくりして、

「だれだっ。」

と、大声でどなりました。そしてふたりは、

「なに、おまえこそおれの鼻をつまんだのじゃないか。」

そんなことをいいあって、とうとう大げんかを始《はじ》めました。彦市《ひこいち》はこれを見ると、おもしろくてたまらなくなり、また、ほかの人の耳を引っぱったり、ほっぺたをつねったり、たいへんないたずらをして、そこの人たちに大さわぎをおこさせました。なにぶんすがたが見えないのですから、どんないたずらでもできるわけです。しかし朝から奥山《おくやま》へのぼって、だいぶんつかれていましたので、まずまずとうちへ帰ってきました。うちに帰ると、そのみのを、ほかの人に見つかるとわるいと思って、ものおきのすみのほうにかくしておきました。そして、それからもたびたびそのみのを着《き》て、町へ出て行き、いろいろのいたずらをしました。

あるときなど、

「おい、金《きん》さん。」

町で友だちを見つけると、彦市はそうよびかけました。

「なんだい。だれだい。」

金さんはそういいましたが、そのあたりを見まわしてもだれもおりません。ふしぎそうにして、

「へんだなあ。」

そういっていると、自分のふところの中から、今買ったばかりのたびがスーッととびだして、

「あれれ。」

といっているまに、五メートルも十メートルも先のほうへ行って、道の上に、ぱたっと落《お》ちました。もとより彦市《ひこいち》がいたずらをしたのです。そうかと思うと、彦市のひとりの友だちなど、雨の日にさしていたからかさが、手からふいにはなれて、五十メートルも先に行って、しぜんにたたまり、そこの石の上に横《よこ》に寝《ね》たというのです。こんなことが、たびたびあるので、町でも村でも大評判《だいひょうばん》になりましたが、もっとふしぎだったのは、町のくだもの屋《や》で店につんであったくだものが、ある日のこと、ポンポン生きているようにひとりでにとびだして、道を通っている人の胸《むね》の前に、ちょうど宙《ちゅう》がえりができるように落ちて行ったというのです。

町の店屋《みせや》では、みんなおどろいてしまって、それからはどこでも、そんなものを箱《はこ》の中に入れ、人が出て、しっかり番をするようになりました。しかし、それでも、スーッと箱のフタがとれ、中のものがポンポンとびだし、これはたいへんと、あわててフタをおさえなければなりませんでした。でも、まだそれくらいはいいほうで、町でこんなことがありました。

殿《との》さまに献上《けんじょう》するというので、町一番のお菓子屋《かしや》が、このうえないというりっぱなお菓子をつくり、*2金蒔絵《きんまきえ》の重箱《じゅうばこ》に入れて、店に飾《かざ》っておきました。すると、ある日のこと、その重箱のフタがすっと横《よこ》にのきました。すると、そのお菓子の一つが、糸を引いたように、まっすぐに空中にあがって行き、重箱から一メートルばかりのところで、すっと消《き》えてなくなりました。

これを見ていた店の主人は、なんともふしぎで、じっと見つめていますと、またつぎのお菓子がスーッと上にのぼって行き、一メートルばかりのところで、見るまに消えてしまいました。主人は、マモノのしわざかと思って、ぞっとするようにこわくなり、

「おおい、みんなきてくれ、献上のお菓子が、消えてなくなりだしたあ——」

そう大声でよんだもので、それなりお菓子の消えることはやみました。みんな彦市《ひこいち》のやったことです。

ところで、あるとき、彦市のおかあさんが物置《ものおき》をそうじしておりますと、へんなきたないみのが一つ出てきました。おかあさんはそれが天狗《てんぐ》の宝《たから》のかくれみのとは知りませんから、

「こんなきたないもの。」

そう思って、ごみといっしょに焼《や》いてしまいました。

そのあくる日、彦市《ひこいち》はまたいたずらをしに出かけようと思って、物置《ものおき》をさがしましたが、みのがありません。おかあさんにききますと、焼いてしまったというのです。しかたなく、ちょうど夏だったので、その灰《はい》をからだいちめんにぬりつけて、外に出て行きました。夏といっても、朝だったもので、すこし寒《さむ》くなり、まず酒屋《さかや》へよって酒だるのせんをぬき、そこに口をつけて、ごくごくお酒を飲《の》みました。ところが、酒で口のはたの灰がはげ、まず、口だけが人に見えるようになってきました。酒屋の人はびっくりしました。

「それっ、口のおばけが酒を飲んでる。」

というので、大さわぎして追《お》っかけてきました。これはたいへんしくじったと、彦市は逃《に》げだしたのですが、逃げているうちに、こんどは汗《あせ》が出てきて、おなかのあたりの灰がはげてきました。それで、ひとびとは、

「それ、おへそのおばけがとんで行く。」

と、またおおぜいで追いかけてきました。そんなことで、じゅんじゅんに灰が落《お》ちて行き、とうとう片手《かたて》があらわれ、片足《かたあし》があらわれ、からだ全体《ぜんたい》が出てきました。そして、ひとびと

につかまり、ひどいこらしめをうけました。

「もうもう、こんないたずらはいたしません。」

と、おわびをして、ゆるしてもらったということであります。めでたし、めでたし。

＊1　千里とおし……はるか遠いところまで見渡せる望遠鏡。ちなみに、一里は約三・九キロ。

＊2　金蒔絵……金粉で漆器の表面に絵模様をつける美術工芸。

解説

子どもとともに夢をたのしむ

児童文学作家・評論家　砂田《すなだ》　弘《ひろし》

この巻には、太平洋戦争後まもないころに書かれた童話と、七〇代、八〇代になって書かれた童話とエッセイが収められています。

坪田先生は、一九四五年八月の日本の敗戦を、信州（長野県）の野尻湖《のじりこ》のほとりでむかえました。空襲《くうしゅう》を避《さ》けて、東京から信州に疎開《そかい》していたのでした。そのころの生活について、先生は次のように報告しています。

「まず私は今野尻湖の岸辺の、山に近い、道の側の茅葺《かやぶき》の家で暮している。四五日前まで一人で自炊《じすい》していたが、息子《むすこ》が来てくれたので、朝だけ私がメシをつくる。（中略）色々のことを考える。国を思うて、その前途《ぜんと》の不安なのに、憂鬱《ゆううつ》と焦慮《しょうりょ》を感じる。こんな処《ところ》で、こうしていていいのかと思うのである。東京へ帰って、力の限り仕事をしなければとも思うのである」

（「日本児童文学」創刊号　一九四六年九月）

戦争から解放され、心も新たに再出発しようという先生の意気《いき》ごみが伝わってきます。二十歳の松谷《まつたに》みよ子《こ》さんが、童話を書いたノートを持って、野尻湖《のじりこ》の坪田先生を訪ねたのも、ちょうどそのころです。一九四六年の春から秋にかけて、「赤とんぼ」「子どもの広場」「銀河」などの児童雑誌が次つぎに創刊され、戦後の日本児童文学はスタートします。東京の目白の自宅に帰ってきた坪田先生も、一九四七年一月創刊の「童話教室」の編集責任者となると同時に、作家活動を再開します。

この時期の坪田童話には、しばしば夢の世界が出てきます。子どもが夢で美しい虹《にじ》の世界に出会う「ニジとカニ」、山のむこうに、すばらしいユートピアのような世界があるという「山の友だち」も、夢の話といっていいでしょう。「ガマのゆめ」も、子どもがガマの夢を夢に見るという、なんともゆかいで不思議な話です。

敗戦後まもないころの日本は、みんな貧しかったけれど、自由と平和をめざす新しい国づくりがはじまり、子どもが明かるい未来を夢見ることのできた時代でした。これらの童話を書くことで、坪田先生は子どもとともに夢をたのしんだのです。

親や先生の言うなりになるのではなく、子どもが自分自身できちんとものを考えるようになるのも、戦後、民主主義の時代になってからのことです。いつもニコニコしているお地蔵さんを「それでしあわせでしょうか」と考える「こどもじぞう」の〈ぼく〉には、そうした新しい時代の子どもが描《えが》かれています。「ゆめ」の〈ぼく〉についても同じことがいえますが、この童話に出てくる〈オオカミ〉を〈クマ〉に変えると、いま現在の日本の話になると思いませんか。自然と人間の共生という二十一世紀の最大の問題が、六十年も前に先取りして書かれているのです。

一方で、先生は「サバクの虹《にじ》」のような、夢も希望も失《うし》なわれる、暗い童話も書いています。サバクの谷間が緑の野になり、ふたたびサバクになるといういきさつが描かれているだけですが、日本がすっかり元気をなくしたいま読み返すと、そこには、戦後六十年間の日本の歩みがいち早く予告されていたような気がします。

一九六三年十月、七十三歳《さい》のとき、坪田先生は童話雑誌「びわの実学校」を創刊します。児童文学をいっそうさかんにすることと、新しい作家を育てることが、おもな目的でした。一九六〇年に出版された若手の研究者たちによる評論集『子どもと文学』で、小川未明《おがわみめい》、浜田広介《はまだひろすけ》、坪田譲治《つぼたじょうじ》の童話がきびしく批判されたことに対し、批判には作品でこたえようという思いもあったようです。

「びわの実学校」は百号以上続き、『肥後《ひご》の石工《いしく》』（今西祐行《いまにしすけゆき》）、『ヤン』（前川康男《まえかわやすお》）、『教室二〇五号』（大《おお》石真《いしまこと》）などの長編、『モモちゃんとプー』（松谷《まったに》みよ子《こ》）、『車のいろは空のいろ』（あまんきみこ）などの名作を生みだしました。先生は毎号「編集後記」を書くかたわら、みずから童話やエッセイも発表しました。

童話集『かっぱとドンコツ』が出版されたのは、一九六九年十月、先生が七十九歳《さい》のときです。十七編のすべてが子ども時代の思い出を書いた作品で、ここには「生まれたときもう歯がはえていたという話」と「エヘンの橋」の二編をのせました。エヘンの橋は、現存しているはずで、私《わたし》も数年《すうねん》前、岡山《おかやま》を訪ねたとき、わたったことがあります。

幸せでたのしさにみちていた幼い日の思い出は、「馬太郎《うまたろう》とゴンベエ」「かっぱのふん」などでも書き継《つ》がれています。さいごの童話集『ねずみのいびき』の十四編の中の二編ですが、この童話集が出版されたのは一九七三年七月で、先生は八十三歳《さい》でした。なお、『かっぱとドンコツ』はサンケイ児童出版文化賞、『ねずみのいびき』は野間児童文芸賞を受賞しています。

一九八〇年、九十歳《さい》を迎《むか》えた年に、先生の生前でさいごの本となる随筆集《ずいひつしゅう》『心遠きところ』が出版されます。「よそのお母さん」「昔の子供」「門のはなし」「その時」の四編は、この本に収められたエッセイですが、ここでは、幼いころのたのしさやよろこびがおおらかに語られている一方で、ちょっぴり不安やかなしみも描《えが》かれていて、しみじみとした味わいのエッセイとなっています。

この巻も、坪田先生が再話した三つの昔話でしめくくりました。先生が昔話の再話をはじめたのは、太平洋戦争中のことですが、子どもがたのしく読めるだけでなく、先生の「日本むかしばなし」によって、昔話は初めて文学に高められたといわれています。

編集・坪田理基男／松谷みよ子／砂田　弘

画家・ささめや　ゆき
1943年東京生まれ。'85年ベルギードメルフォフ国際版画コンクールにて銀賞。'95年小学館絵画賞。'99年講談社出版文化賞さしえ賞。絵本に『ガドルフの百合』（偕成社）、『マルスさんとマダムマルス』（原生林）、『ブリキの音符』（白泉社）、さし絵に『大空のきず』（小峰書店）など多数。

装幀・稲川弘明
協力・赤い鳥の会

●本書は『坪田譲治全集（全12巻）』（新潮社）を定本として、現代の子どもたちに読みやすいよう新字、新仮名遣いにいたしました。
●現在、使用を控えている表記もありますが、作品のできた時代背景を考え、原文どおりとしました。

サバクの虹　　坪田譲治名作選　NDC913 175p 22cm
2005年2月20日　第1刷発行
作　家　坪田譲治　　画　家　ささめや　ゆき
発行者　小峰紀雄
発行所　株式会社小峰書店　〒162-0066 東京都新宿区市谷台町4-15
☎03-3357-3521　FAX 03-3357-1027
http://www.komineshoten.co.jp/
組版／株式会社タイプアンドたいぽ　装幀印刷／株式会社三秀舎
本文印刷／株式会社厚徳社　製本／小高製本工業株式会社
©2005 J. TSUBOTA Y. SASAMEYA Printed in Japan
ISBN4-338-20403-6
乱丁・落丁本はお取りかえします。